U0855359

漫娱图书
SINCE BOOKS

进 击 的 美 人 系 列

Fashion Beauty

南方赤火 顾闪闪 等◎著

美人风华志

MEI REN FENG HUA ZHI

长江出版社
CHANGJIANGPRESS
漫娱图书

前言

千秋无绝色，悦目是佳人。

纵观中华上下五千年，能够被时间记住的人物不计其数，但女性在历史的长河中寥寥无几，即使被记录，也仅仅是被贴上诸多单薄的“标签”——皇后、公主、歌妓、才女……当后人想起她们的时候，这些标签就概括了一生，单调而无趣。

人的一生，的确会被贴上很多的标签，但人生，不应该由标签来定义。为此，《美人风华志》推出特别企划项目——“我就是我”选秀大赛。此次活动旨在传达中国古代美人的态度。历史美人重出道，还一个本我佳人。

各朝代推举当朝的部分美人参赛，大家在这个舞台上分别展示各自独一无二的人生，让看客了解其一生之精彩，为人之本真。经过精彩角逐，不少美人脱颖而出，此番邀请了其中几位亲临，在这里，不仅有谢道韫、李师师、鱼玄机等名人的独家专访，还有陈阿娇与卫子夫的在线 PK！

她们说：

我是皇后，也是渴望爱情的少女。

我是公主，也是向往自由的百姓。

我是歌妓，也是满腔热血的志士。

……

时间已逝，历史犹在，大家可以认识我，但不能定义我。

我，就是我。

CONTENTS

03. 宋都梦话 CHAPTER THREE

04. 大明风华 CHAPTER FOUR

05. 美人风华·娱乐新资讯 CHAPTER FIVE

CHAPTER ONE
Han Feng Ya

汉风雅韵

选送公司

汉晋娱乐有限公司

汉晋娱乐有限公司是由西汉至东晋期间的多个公司出资联合而成的庞大集团，其中包含了西汉、三国、东晋等多个优秀的团体。汉晋娱乐人才辈出，不乏唱跳俱佳、情商一流、文采斐然的艺人，此次参赛的都是强劲的竞争者，大家拭目以待。

第一章

甄宓
粉丝团
洛神
应援色
紫色
才 艺
姿貌绝伦，情商MAX
ZHEN FU
宣言
读书习字是我自己的选择，
多希望爱情也是。
Pick Me
点击喜爱

甄宓
绝世而独立

文 秦艽

亲爱的小伙伴们大家好！“时尚东汉”又和大家见面了。

汉末是个动乱的年代，在这个本该人人都灰头土脸忙着逃命的年代，娱乐圈却出人意料的成长卓越，各家传媒公司如雨后春笋一般蹭蹭冒头，其中有借着顶流貂蝉从此声名远扬的东汉皇室传媒股份有限公司；有善音律出歌手的江东音乐财团，坊间皆传他旗下的周天王以一句“曲有误，周郎顾”俘获万千江东少女的心；还有因为挖走了曾是“江东音乐”的小公主孙尚香才勉勉强强在东汉娱乐界冒出头的蜀汉影视文化公司。

那么今天，我们的主角是谁呢?

没错！就是东汉魏氏传媒有限公司。

魏氏传媒近日发布通告，将已故的甄夫人追封为“文昭皇后”，为此“时尚东汉”为大家特别发布文昭皇后生前留下的唯一访谈录。

这是一篇特别的访谈录，文昭皇后用自己的视角讲述了她在红尘里颠沛流离的一生。

“时尚东汉”的各位朋友们，大家好。

我是甄宓。

我是魏氏传媒的现任董事长曹丕的夫人，也是东汉魏氏传媒有限公司的……流量偶像。

其实我并不觉得“流量”一词对我有很大的冒犯，相反的，不善歌舞不通音律，只有长相还能看和一点点微乎其微的文学价值的我能被大家这样喜欢，我感到非常的荣幸。

我于光和五年十二月丁酉，出生在一个名门世家，父亲曾任上蔡令，因为是汉太保甄邯的后代，家中世袭着二千石俸禄的官职，故我比大多数人幸运，一出生便衣食无忧。

父亲在我很小的时候就去世了，故对他的记忆十分模糊，我的童年记忆里只有母亲和兄弟姐妹们，姐姐们喜热闹，而母亲喜静，故一直带着年幼的我住在较为安静的府邸，每日与青竹流水相伴。

在这样的环境下长大的我很快便爱上了读书，情愿终日窝在房间里与笔墨纸砚相伴，从不与哥哥姐姐们上阁楼观看喧闹的杂耍。其实，我不去看杂耍还有更加重要的原因——我可以借着他们去看杂耍的时间，趁机溜到哥哥的房中偷用他的笔砚写字。毕竟女孩子们大多不被允许读书写字，总是得偷摸着来，这样几次三番，最终还是被哥哥发现了。

他提溜着我的衣领对我说：“姑娘家家应该好好学习女红。读书写字？怎么着你还想考功名吗？”他虎着脸瞪我，一派威严的模样，可当时的我才不怕他咧。

你们知道当时我是怎么回答的吗？

我说：“听说古时候贤惠女子，都学习前人的经验用来借鉴。不读书，拿什么借鉴呢？”

哈哈哈……这是我第一次和我哥拌嘴，一句话就说得他哑口无言。

此事在方圆几里传开了，后来母亲请了相士刘良来府中为我们看相，那时候大家总愿意相信这些东西。看相的那天府中很是热闹，大家一窝蜂地围在刘良先生身边，先生捋着胡须思忖了好久，指着我说：“此女贵不可言。”

看相一事之后，哥哥们便不再吓唬取笑我学习，而是同我一起读书，探讨学问。那时的我们时常在竹屋里吟诗作赋，一起对时事朝政提出自己的见解，俨然是足不出户而知天下事的“贤士”。

从此，我好像就在十里八乡闻名了。

闻名了之后，无论我做什么事情，大家都开始大惊小怪起来。

汉末时期，天下大乱，灾荒连年，很多人都为活命纷纷卖掉家中值钱的东西，因为当时家里因为有大量的谷物储备，我家就开始收购大量金银宝物。这样的局面我看在眼里，急在心里。

乱世求宝，并非善策，一人本无罪，但因拥有一件珍宝便可能被定为有罪，这便是人们通常所说的因财丧身。况且金银珠宝并不是人生在世所必须追求的东西。

因众多百姓都处在饥饿之中，我向母亲提议开仓赈济四方乡邻，也算是为甄家添一件惠及众人的德行。

这就是后来网络上讨论得很热烈的关于我的慈善壮举。其实事实说起来就是这样简单，根本谈不上壮举。

我十四岁时，二哥甄俨去世了，母亲很受打击，本就寡言的她愈加的烦躁易怒，时常拿二嫂撒气。我知道那是因为母亲太思念二哥了，她心里的伤口每当看到二嫂的时候便会渗血，可我也知道，二哥的离世，伤心人并不只有母亲。我时常看见二嫂用很悲伤的目光注视着二哥送她的手链，听见深夜里她闺房里传来呜咽的哭声，可她面对母亲的刁难从不埋怨，永远安和顺从、不厌其烦地重复着母亲交代的琐事。她明明很柔弱，然而面对自己的孩子，她永远坚强，像一棵高大的松柏树，为其撑起一个天地。

每每看到她柔弱又坚强的模样，我总会眼眶一酸。

此后的时间，我总是时不时给母亲吹耳边风，我希望她能像爱护我一样爱护二嫂。很快，母亲受了我的影响，对她不再刁难，她甚至开始邀请二嫂一起游园。看着母亲和二嫂的关系日益亲密，我知道，母亲心里的那道伤口已经逐渐愈合了。

建安年，袁绍将军的儿子袁熙[①]派下人来府中提亲，提亲用的彩礼堆满了我的小竹屋，看着一件件裹着红布的箱子，我有那么一瞬间觉得自己身处梦境之中，眼前的一切很不真实。

从我及笄之后，求亲的队伍几乎要将我家的门槛踏平，多数情况下我是不予理会的，只是这次，看着他们忙忙碌碌的，我已经隐隐约约感觉到了什么。

母亲是很尊重我的，问我愿不愿意嫁给袁熙，我端坐在房间，注视着母亲充满慈爱的眼睛，在她充满希冀的目光中点了点头。

我从没有见过袁熙，更别提对他有什么了解，可我还是很冷静地点了头，冷静地为自己决定了终身大事。

我冷静得不正常，甚至冷静到让自己害怕，灵魂像是脱离了身体，她轻飘飘地盘旋在头顶上方，仿佛在审视着一个无关紧要的人。

我出嫁的那天，袁家派来了八抬大轿，十里红妆，非常的气派。

身着凤冠霞帔的我盖着盖头坐在轿子里，感受着车子离甄府越来越远，我忽然有一种浓烈的悲伤之感，我这才发现原来我这么舍不得我的小竹屋，舍不得娘亲。

袁熙为人宽厚温和，待我也是极好的，婚后生活同我一开始想的一般平静安稳。建安四年，我丈夫袁熙出任幽州刺史，我则留在了冀州侍奉袁绍将军的妻子刘夫人。

袁熙走的那天是一个夜晚，我扯着他的袖子想让他明日清晨再动身，可他拒绝了，那是他第一次拒绝我，且没有给我原因。

那天的夜晚格外漆黑，如钩新月隐没在云层中，他抚着我的脸颊，对我说：“接下来的日子就要辛苦你了，你在冀州好好照顾自己，等我回来。”

然后我看着他骑马的背影一点一点在我眼前消失，我忽然有一种预感：此次分离恐不同以往。

那时的我还不知道，此生，这便是我们的最后一面了。

① 袁熙，字显奕，东汉末年占据河北的军阀袁绍的次子，后被辽东太守公孙康杀死，首级被献给曹操。

我在冀州照顾着刘夫人，一晃就过了五年，五年里我总是时不时地想起袁熙。刚分别时我总给他写信，天冷时叮嘱他添衣，逢年过节唠叨他少喝些酒以免误事，尽是些琐碎之事。我就这样乐此不疲地写着，尽管我知道待他收到信时早已是佳节已过，寒冬转暖。

我默默地写信，默默地陪着刘夫人度过一个又一个新年，我从不敢问他何时归家。前些年还能有回信，从什么时候开始，不论我写了多少封信都没有收到回信了？甚至再也没有见到过那些替我送过信的士兵。

建安九年，我没有等来袁熙，等到的是曹丕①。

那时冀州邺城被曹操攻破，很多穿着铠甲的士兵冲进院子，把我们抓到大堂上，连侍奉的婢女都不放过，我被他们像抓小鸡一样地拎着，我知道我再也等不到袁熙了。

大堂上，烛火在烛台里跳动着，在地上映出各种各样的影子。刘夫人靠在我身上，双手紧紧地攥着我的衣裳，我能感受到她浑身紧绷着颤抖着，甚至能够瞥见她脸上的冷汗。

我握住她的手，想给她一些安慰，却想不出说辞。

突然，不远处传来了脚步声，以及剑柄摩擦金属铠甲的声音，不紧不慢的，如凌迟一般折磨着大堂上的所有人。

我依然很冷静，像我出嫁那天一样冷静。

脚步声渐渐靠近，伴着铠甲颤动的声音，一双脚映入我眼帘。

“把头抬起来。”一道声音在我头顶响起。

我顺从地仰起头，一双阴冷的眸子映入我的眼里，曹丕在我面前站着，衣着铠甲，身型挺拔，他蓦然出现在大堂上，仿佛连燃烧的烛火都在这股肃杀之气中败下阵来。

他直勾勾地盯着我，我也看着他，一时间，大堂里安静到我们可以听见彼此的呼吸声。他缓缓蹲下身来，伸出手轻轻地捧住我的脸，我离他很近，我能

① 曹丕，字子桓，三国时期政治家、文学家，曹魏开国皇帝。魏武帝曹操次子，母为武宣皇后卞夫人。

听到他饱含贪婪之意的呼吸，他的身体开始微微颤抖，炙热的目光一直在我脸上巡视，好像恨不得将我吃进肚子里。一切动作结束后，他冲着我笑了笑，便起身离去了。

刘夫人兴奋地在我身旁说着什么，但我根本听不清楚，我的思绪已全然陷在曹丕当时带给我的情绪里。

很快，曹丕便纳我为妾。

这样的事情在乱世太常见了，我早已忘记当时自己真正的感受，不知道我的美貌带来的到底是灾难还是幸运……但至少我保住了刘夫人的命，以及我自己的命。

我刚嫁给子桓时，子桓待我比起袁熙有过之而无不及，且不止子桓，我的公公曹操、叔叔曹植都待我很好。

尽管如此，曹家却并不是一个太平之地。

同是建安九年，我嫁于子桓不久便怀孕生下了叡儿，我们的第一个孩子。

子桓一时高兴得溢于言表，为了哄我开心，他甚至提出要废掉他的正妻任夫人，听到他这么说，我心里其实并不轻松，眼前人是谁，我清清楚楚，他是曹家的长子，而我，我是曹家世仇袁氏的媳妇，我是被俘虏过来的。他对我的真心能有几分呢？这些我一直都明白。

我尽力劝服他，说："任夫人出自名门望族，娴静漂亮，为人温柔贤惠，这些都是我远远不及的，她能带给你的助力是我办不到的，你怎么能废她呢？"

我甚至开始流泪哀求："陛下，宫中都知道你宠爱我，如果废了任夫人，大家皆会以为是我挑拨，容不下他人。这样的话，我既有了私心重的罪名，又有专宠的罪名，这是我万万不敢当的，请陛下宽恕我吧。"

可曹丕最后还是把她废了。

我忘记了。他是曹丕，而非袁熙。他永远不会因为我而改变他的想法。

建安十二年，我生下了东乡公主。

卞夫人听说此事后，时常来府上看我。卞夫人是子桓的生母，她端庄大方，温柔秀美，她的眼睛里总是充满了慈爱，每每看向我时总让我想起母亲。我靠在她怀里撒娇，她摸着我的头发给我唱我从没听过的小曲，我眼眶湿润，像是回到了幼年。

建安十六年，曹操挥师西征，卞夫人随行。那时子桓升任副丞相，我同他一起留守邺城。后来卞夫人在西征途中患病，独自留在孟津地界修养，我得知这一消息的时候忽然很害怕，我怕我像昔日等不到袁熙那般，再也等不到卞夫人了，于是当即决定出发前往孟津。

孟津离邺城好几百里，军阀割据，流匪遍野，但我不怕，那一刻，夫人于我，就是亲母与女儿。

我向子桓求了好多次，可他怎么也不允，我只得每日诵经拜佛。我是个读书人，原是不信这些的，可那段时间，我比谁都虔诚。

子桓怕我日日诵经熬坏了身子，时常劝我，身边侍奉的人也总是唬我说“孟津很安全，卞夫人已经康复了”。

我自是不信的。夫人在家时，身体有时也会不舒服，往往要拖很长一段时日才见好，这次病得这样重，又这样突然，怎么会这么快就康复？

后来子桓带来了卞夫人的亲笔信，夫人在信中称自己已完全康复，不久便可回到邺城，让我不必牵挂。我这才放下心来。

建安十七年，曹操大败韩遂、马超，班师回到邺城。

我迫不及待地出城迎接，看着远处马车一点点映入我的眼帘，那一刻，眼前的场景和当初我坐着轿子一点点驶离母亲视野时的景象渐渐重叠了。我一时间恍惚，心中涌上无限欢喜，甚至觉得这些年来我所经历的一切苦难都化为了青烟，我还是当年那个陪在母亲身旁待嫁的姑娘……

回过神来的时候，我才发现自己早已泪流满面。

在曹家生活了这么些年，我自以为深谙为人处世之道，知道枕边人肩负着江山社稷的重任，需广置妻妾，生下众多的子孙，才能保证帝业万世长久，所以我向子桓献言，希望他以江山社稷为重，广求贤女，生育孩子。不管我是否出自真心，也不管他是否明白其中真意，反正听到我这番言论的时候，子桓很是高兴。

我本以为，这一切都是最好的安排。

可惜。

一次铜雀诗会，将我苦心经营的一切都化为碎片，我当即就成了黑红偶像，在魏氏娱乐出道了。

那次的铜雀诗会设宴在铜雀台，由我的公公曹操举办，大会邀请了魏氏的文武百官共上千人，我作为子桓的妻子也破例参加了。

酒过三巡，兴致渐浓，曹操遂命诸子写《铜雀台赋》。子桓握笔在手，却久久不能成篇，然而曹植却不同，他天生是当世才具，谈笑间便笔下生花，文章一挥而就。

曹操高兴极了，击节称赞。两相比较之下，子桓的脸色瞬间就变了。

从此子桓便愈加阴郁起来，我知道他忌恨曹植。他甚至变得疑神疑鬼，每日回府时总是存着一腔怨恨向我发泄，有时实在气不过，我与他争辩几句，他便说我对他不忠，讽刺我更加爱慕曹植的才华，钦佩曹植的文人气质和风骨。

我又好气又好笑，同时又觉得和他争辩的自己很没劲。

大吵了一架之后，曹丕头也不回地出了府，再也没有回来。后来我还是从下人口中才得知，府上新进了一位姑娘，名叫郭女王。她秀慧艳丽又善解人意，体贴入微又工于心计，很能讨得他的欢心。

郭女王与曹丕在一起，总是能想出一个又一个扳倒曹植的好主意，不仅如此她还能召来智谋出众的谋士们为曹丕谋划夺嫡大业。

我看着曹丕愈加深沉的脸上逐渐露出微笑，我能够感受到他浑身暴虐的血液在血管中沸腾。看着他逐渐癫狂的模样，我只觉得很悲伤。

建安二十一年，曹操东征孙权，卞夫人、曹丕，以及我的两个孩子都相继跟随，本来我也是要一同去的，但因生病的缘故，卞夫人执意要我留在邺城。出征前，十四岁的叡儿拉着我的手对我说："娘，你放心吧，好好在邺城养病，我和爹一定会平安归来的。"

曹丕默不作声，甚至没有看我一眼就跨上马，转身而去。

我看着叡儿稚气未脱的脸庞，心下一阵颤动，柔和的白光在视线里无限放大，额前的汗水滚落到眼睛里，辛辣的感觉让视线模糊，我看到了二嫂沾着尘土的脸。

我心底忽然从升出一股力量。我紧紧地抱着我的叡儿，仿佛抱着整个世界。

大军出征后，府中也并不安宁。

郭女王时常来看我，她粉色宫袍的衣襟上绣了一朵花，美人髻上别了精致的钗子，脸颊如玉，唇红齿白，明媚艳丽，美得不可方物。其实按着受宠程度来看，该是我去拜访她的，但她像是并不计较这些，她同我说话时，谦和温顺，我们还算合得来。

此外，我的小叔叔曹植不知为何也总以各种理由登门拜访，还会邀请我参加诗会。曹植确实文采斐然，世间少有，若不是他身份敏感，我当真是想去增长见识的，但曹丕的疑心日益深重，我怕他胡思乱想，所以总是拒绝曹植的邀请。

我没想到，我即使这般小心行事了，也依旧无法过安宁的日子。

建安二十二年，九月，大军还。

彼时我的病已经好得差不多了，卞夫人看见我的脸色很是欣慰，还打趣我和两个孩子分离这么久却不想念。我怎么可能不想念，我日日有所思，夜夜有所梦，看着卞夫人颇有些揶揄的眼神，我悬着的心才终于放下。

这本是一个轻松的插曲。曹丕却沉下了脸，阴阳怪气地说我是因为心里有了甜蜜龌龊之事，才会整个人容光焕发。我当即板起脸来拂袖而去，这是我第一次在曹丕面前，在众人面前失仪。

我以为这是曹丕对我能做出的最过分的事，可其实不然。

建安二十五年，我永不会忘了这一年。

曹操于洛阳逝世，曹丕继任为魏王，同年，他逼迫汉献帝退位，废汉自立，改国号魏，定都洛阳，他自称魏文帝，追封曹操为魏武帝，晋封郭女王为贵嫔。

册封大典结束的那天晚上，叡儿正在我的房里念书，屋外是电闪雷鸣的雨夜。

曹丕喝得烂醉如泥，手里拿着一个沾了污渍的诏书，跌跌撞撞冲进我的房间，我把叡儿护在身后，跪坐在案前平静地看着他。他踉跄了几步停在桌边，他身上的华服被雨浸湿，衣摆上是四散飞溅的泥水，一双狭长的眼睛被酒气熏得通红，他缓缓俯下身，双手捧住我的脸，他大口地喘息，许久开口道：

“朕封你做皇后好吗？”

他拿过身侧沾着酒渍的诏书在我面前晃了晃。那一刻，我本来坚若磐石的心一下软成了一摊水。我从衣袖里拿出一个帕子，轻柔地为他擦去脸上的雨，这么多年，我知道他的苦他的狠，如今他终于得偿所愿了，不论怎样我总还是替他开心的。

曹丕眯着眼睛打量我，又看向了叡儿，他的眼神一如既往的深沉，他忽然抓住我的手，带着试探性犹犹豫豫地轻声问道：

“朕封你做皇后，你告诉朕……你告诉朕……叡儿，他真的是我的儿子吗？”

天上忽然传来惊天巨响，惊得屋中三人都停止了动作。

夜色如墨，电闪雷鸣映照出他紧缩成针尖大小的瞳孔。

我不敢相信自己听到了什么。

那一刻，我只觉得自己荒唐又无比可笑。

曹丕离开了，呼啸的风灌进大门，我大口喘息着向后倒了下去，我明明没有被雨水浸湿，却感受到了滔天的寒冷。我兀自抖着肩膀笑了起来，笑得很大声，笑得眼泪流下来，我一边笑一边将那个诏书撕了个粉碎。

很久之后，叡儿才怯生生地扯着我的袖子，问我：“娘，我真的不是阿爹亲生的吗？他们都说我是三叔的儿子。”

看着叡儿发红的眸子，我只觉得心脏传来炸裂般的痛，我抱着我的叡儿长声哭泣。这种彻骨的心痛和绝望，在那一刻已然深深刻在了骨子里，只要想想就恨不得把心脏撕裂。

接下来的事情就尽如大家知道的那般了——我被曹丕厌弃，很快就被雪藏了。

呼——

最后，非常感谢“时尚东汉”媒体的邀约，这是我第一次也可能是最后一次接受采访，非常感谢一路走来支持我的粉丝朋友。

回看我这一生：从来清清白白，坦坦荡荡，做人做事全然无愧于心！至于所遇之人，所得之事，我从未后悔过。

我唯一放心不下的就是我的叡儿。这一生是我无能，没有能力洗净他的不白之冤。我既痛恨，又不甘啊！

如果能重来一次，我还愿成为他的母亲，照顾他，爱护他，只愿他一生都简单快乐。

以上均为甄宓姑娘亲口所述，由“时尚东汉”媒体人小秦现场记录。

这是一场非常特别的采访。前期准备的时候，大家都很兴奋，甄宓姑娘是汉末娱乐圈里赫赫有名的人物，传闻中的“一女乱三曹”就是说的她，传闻中她更是貌若仙子，惊为天人。

我本是做足了功课，打算好好挖一挖她身上的猛料，可真正见了她后，准备的一切却似乎都不重要了。

她的美不是用词语可以形容出来的。更能征服人心的，是她身上散发的气质：平和温柔，知礼明义，矜傲秀雅。

我采访过很多黑红的偶像，但全然不似甄宓一般。

此番访谈，和预期不同。我问不出那些刁钻的问题，只是安静地听着，听着她在我面前展开一幅幅回忆的画卷。她真诚地同你诉说，仿佛我只是她最体己的朋友，我在那一刻忽然开始重新思考媒体人的真正含义。

她向来礼数周全，哪怕说到动情处也不会有太大的动作，只能从她明亮的眼睛中窥探一二。

她最开心的便是说起她的童年，眼眸微弯，眼眶里像盛满盈盈春水，嘴角扬起，明艳而欢乐。我想这是她一生中最快乐的时光了。

她轻描淡写地说着刘夫人，说着袁熙，她平和的神情只有在说到曹丕的时候才会出现波动，眼中有泪，目中有情，情深处又是化不开的惆怅和凄凉。

采访是黄初二年四月进行的，同年六月，魏氏传媒当家人曹丕下令赐死了甄宓，据前线探回来的小道消息：殡葬时甄宓姑娘披发覆面，以糠塞口。这是当时最残忍的处罚，让人死后在阴间也无法诉说自己的冤屈。

我想甄宓姑娘冥冥之中早已经预料到了自己的结局。才会在采访的最后又说起她的儿子，说起她的痛，她的恨，她的怨，说着说着眼角竟滴下泪来，布满血丝的瞳孔中是难以言喻的痛苦和无助。泪水顺着她苍白的容颜滴落，她哽咽着，声音悲戚。

闻者心碎。

黄初七年，五月，曹丕逝世，年轻的曹叡在洛阳即位，是为魏明帝。

明帝即位的第一件事便是追封甄宓为文昭皇后，第二件事就是召集全国各地的画师，命他们为其母描容。

甄宓姑娘，如有来世，我愿你能够获得你真正想要的安宁。

黄初七年（公元 226 年）8 月 4 日

媒体人：小秦（报道）

选手资料卡

zhen fu

甄宓，文昭甄皇后，汉末三国时期人物，她的真名不详，相传为甄宓，实际上并没有靠谱的记载，历史上只称她为甄夫人。甄夫人是魏文帝曹丕的妻子，魏明帝曹叡的生母。

甄夫人三岁丧父，自幼与母亲、两个哥哥、四个姐姐生活。甄夫人聪慧异常，喜欢读书，人又长得好看，所以十里八乡闻名，在灾荒年开仓救济乡里，更是有了贤名。相传，曹植的《洛神赋》中洛神的原型就是甄夫人。甄夫人长大后，汉末群雄之一的袁绍为自己的次子袁熙求取甄夫人为妻。

后来袁熙驻守幽州时身死，曹操率军攻下邺城后，甄夫人因为姿貌绝伦，被曹丕强纳为妾，甚得宠爱，生下儿子曹叡和女儿东乡公主。甄夫人得宠期间甚至在成为皇后之后，也没有恃宠而骄，依旧娴雅贤明，与曹丕的其他宠妾相处和谐，甚至在曹丕想要修掉正妻的时候劝阻。曹丕称帝后，甄夫人渐渐失宠，黄初二年六月，曹丕遣使赐死甄氏，葬于邺城。

关于甄皇后的死因，史书中只说“后失意，有怨言”，因为嫉妒妄言而惹怒曹丕，遂刺死。这样的理由大抵是站不住脚的，甄夫人之前一直以贤德为世人称赞，只是因为曹丕宠幸他人就轻易失去自我，这理由未免过于单薄。但是其中详细，各部史书记载各有不同，现已不可考。

曹叡即位后，追谥甄氏曰文昭皇后。太和四年十二月辛未日，魏明帝曹叡将甄氏改葬于朝阳陵。

谢道韫

XIE DAOYUN

粉丝团

柳絮

应援色

蓝色

才　艺

出口成章，善清谈

宣言

我这一生从未做过一件后悔之事，
这双手握得住笔便也拿得起剑。

点击喜爱

Pick Me

顶着才女人设的一代大侠

谢道韫

文 南方赤火

“蔡文姬，能辨琴。谢道韫，能咏吟……”

这是三字经里的一句。一代代学童懵懂地诵着这句话，心里刻下了第一个关于“才女”的印象。

我们的女主就是其中的谢道韫。一千多年来，她在历史中留名，都是因着这“才女”之号。那句“未若柳絮因风起”，在无数没见过雪的幼儿心里，刻画了最初的关于雪的意象。

诵着《三字经》的孩子们大多不知道，他们心目中那个温柔聪慧的才女姐姐，其实是个持剑“杀人”的女杀手。

不不，是“侠客”。她的一生侠气四射，“才女”只是她众多标签中最平庸的一个！

谢道韫，东晋时人，出生于陈郡谢氏家族。那是个“上品无寒门，下品无世族”的时代。她的父亲是安西将军谢奕，伯父是尚书仆射谢尚，叔父是宰相谢安——

著名的淝水之战①指挥官。她的母亲是竹林七贤阮籍、阮咸一脉的家人。谢道韫是家中长女，生来受尽万千宠爱，可谓握着最好的命运牌。

高门世家教出来的女孩子，舞文弄墨是必修功课。魏晋时代世风豁达，还没有“女子无才便是德”的说法，名士和才女辈出，谢道韫本应是其中平平无奇的一个。

直到她七岁，因为咏雪而一战成名。

话说某日，大雪纷飞，宰相谢安闲坐在家，想考考各位子侄们的功课，于是给大家出题，问，这漫天的大雪应当如何比喻呢？

他的侄子谢朗抢着说道：“撒盐空中差可拟。”

把白皑皑的雪比作撒盐，小朋友的想象力丰富，谢安很满意。

刚想夸赞，小姑娘谢道韫第二个答题：

“未若柳絮因风起。”

哇，谢安惊呆了，带领大家鼓掌。把雪花比作柳絮，既精妙，又有意境，顿时把刚才谢朗那咸味冲天的诗句给比了下去。

这个故事被记载在《世说新语》中，被写在《三字经》里，就连千年后的红楼梦，也在钗黛的判词里写道“可叹停机德，堪怜咏絮才”。历朝历代的文人，对谢道韫文采表示了高度认可。

从此，谢道韫声名鹊起，成为才女界的 top 1。

雪花簌簌而下，柳絮冉冉飘起，看似美不胜收，但却在冥冥中暗示了谢道韫零落的一生。

才女到了要嫁人的年纪。

叔父谢安对她的婚事十分上心——要嫁就嫁最高的门第，选最靓的后辈，决不能让我们的宝贝侄女受委屈！

普天下谁能配得上陈郡谢氏的女郎？要想跟谢道韫门当户对，符合条件的

① 淝水之战，公元 383 年，东晋十六国时期北方的统一政权前秦向南方东晋发起侵略，前秦出兵伐晋，于淝水交战，最终东晋仅以八万军力大胜二十余万的前秦军。淝水之战是中国历史上著名的以少胜多的战例。

适龄青年屈指可数。我们都背过刘禹锡一句诗，“旧时王谢堂前燕，飞入寻常百姓家”，说的是沧海桑田，人生多变，过去世家大族荡然无存，已化作寻常百姓。其中的“王谢”就代指过去那冠盖簪缨的豪门，而这个“谢”，就是谢道韫出生的谢家。

这个和谢家齐名的王家，似乎是个合适的选择。

琅琊王氏，是东晋建立的功臣，东晋时代有句话，叫作“王与马共天下”，说的是王家和皇家（司马家）分庭抗礼，权势滔天。琅琊王氏最出名的成员也包括书法家王羲之、王献之父子，他们的作品摹本如今是各大博物馆的镇馆之宝。

谢安掐指一算，谢道韫的夫婿，就在王家里选一个吧。

本来看中了王羲之的第五子王徽之。这个王徽之也有个典故。说某日大雪，他兴致大发，想跟某个身在外地的好友喝酒。于是他当晚乘舟而行，第二天中午方至，但到了好友门口却不敲门，而是直接回了家。旁人问时，他说：“我本是乘兴而来，现在兴尽而返，该回去啦！”

这就是“乘兴而来”的典故。

王徽之性格如此，虽有名士之风，但做丈夫未免有点不靠谱，于是谢安把他给否了。再三斟酌，看上了王羲之的另一个儿子——王凝之。谢道韫虽然出身高贵，但身为女子，婚姻大事也容不得自己做主，于是从命而嫁。

王谢两族联姻，王家娶到了有“咏絮才”的贵女，世人为之庆贺。

谢道韫从少女成为贵夫人，她的才情和傲气并没有因此而消磨。只是和她那潇洒豪爽的个性相比，她的丈夫就显得平庸多了。

作为书圣的儿子，王凝之也是个正经书法家，容貌大概也不错，不过其他方面的才能就有点捉襟见肘。

谢道韫成婚后回门，大家发现，她脸上没有幸福洋溢的新婚之喜，反而整天闷闷不乐。

谢安奇怪，问道：“凝之是王羲之的儿子，人很不错，你为何还不开心呢？”

谢道韫回了一句惊天地泣鬼神的话。

“一门叔父，有阿大、中郎；群从兄弟复有‘封胡羯末’，不意天壤之中，乃有王郎！”

这句话要解释一下。阿大指谢尚，中郎指谢据，封胡羯末分别指谢韶、谢朗、谢玄、谢川，这些都是她兄弟的小字。

谢道韫的意思是说，我从小与你们这样优秀的男子相处，从来没想过，天地之中还有王凝之这么逊的人！

多损呐。

才女的眼光高于常人。王凝之有祖荫庇护，任江州刺史，按硬件来说也是个打着灯笼都难找的稀缺钻石王老五。可是谢道韫认为，他配不上自己。而且以现代人的眼光来看，王凝之的确有点糊涂：他迷信。

信的是五斗米道。

这是道教最早的一个派别。东汉末年，五斗米道天师张鲁割据汉中，在后世，此人在各大三国衍生作品和游戏中也都是个不可或缺的角色。

到了东晋时期，五斗米道依然信徒众多，可见这个教派的凝聚力很强。五斗米道在当时主要传播于士族与官吏中，主攻长生不老和羽化登仙，通过章表、符咒招神驱鬼等。

王凝之就特别信它。整天在家里做个法，画个符什么的。

谢道韫对此十分无语，但她并没有“出嫁从夫”的觉悟，也不肯甘居男人身后，只专心掌家。她的才思没有因为结婚生子而消退，反而变得更加犀利，更加咄咄逼人。

在魏晋时期，“有才”不仅仅要能写诗作文，更要善于哲理思辨，而谢道韫就是其中的佼佼者。《晋书》称其“聪识有才辩”“雅人深致”“风韵高迈，叙致清雅……词理无滞”。

这也是有一段佳话的。

有一次，王凝之的弟弟王献之在厅堂上与客人“清谈”——魏晋时期的名士，很流行这种关于玄理的辩论。王献之书法一流，然而思维灵活度有限，眼看辩不过对方，要输。

谢道韫身在闺房，很为小叔子着急：就冲这客人的玄学造诣，我一个能打十个！

然而，男女授受不亲。作为内眷，谢道韫是不能直接见客的，甚至不能旁听。但她不被俗礼所束缚，派遣婢女在门前挂上青布幔，“垂帘听政”，在后头当王献之的场外援助。她旁征博引，论辩有力，最终客人理屈词穷，服气认输。

谢道韫始终不忘自己是家中的大姐，纵然出嫁王家，也时刻督导弟妹的功课。她的弟弟谢玄——日后淝水之战的重要指挥官之一——记载了这件事。

谢道韫出嫁之后依然时常写信询问家中弟妹的学习情况。且敲打弟弟毫不留情：“你怎么老是不长进，是俗务费心，还是天分有限？”

谢玄也因此写信，回应姐姐的叮嘱。谢玄很敬爱这个姐姐，时常跟人夸耀。

谢道韫的书法造诣也很高。后世唐代书学理论家张怀瓘曾记载：“凝之妻谢道韫有才华，亦善书，为其舅（即王羲之）所重。”

能被王羲之看重的书法，可谓非同寻常。可惜没有真迹传世，我们现今已无法领略谢道韫的笔下风采。

谢道韫如此被大家所推崇，有个叫张玄的就不服了。他的妹妹张彤云也是有名的才女，嫁到了世家大族顾氏。张玄就时常跟人说，谢道韫又怎样，不就是小时候咏过柳絮吗，我妹妹不比她差！

但两位才女各自嫁做人妇，也不能真的打擂台比一场。有个叫济尼的人，常常出入王、顾两家，她就给出了一个评价，说：“王夫人神清散朗，故有林下风气；顾家妇清心玉映，自有闺房之秀。”

意思就是说两位才女性格不同，各有千秋啦。

不过细看之下，还是能看出这个济尼的评价偏向。她说张彤云有淑女气质，是大家闺秀；而说谢道韫“有林下之风”，也就是有竹林七贤的风骨。

这已经超越了简单评价一个女子的文才和容貌，而是说她心如海阔，行事潇洒不羁，自有一番名士风流。

我们来看一下谢道韫的某作品：

泰山吟

峨峨东岳高，秀极冲青天。

岩中间虚宇，寂寞幽以玄。

非工复非匠，云构发自然。
器象尔何物？遂令我屡迁。
逝将宅斯宇，可以尽天年。

单看诗词艺术，可能不如我们熟悉的磅礴唐诗那么冲击心灵。这是魏晋时期一种特殊的诗体——玄言诗。将诗和玄学结合，表达作者的某些抽象思辨。这首诗虽无具体山水形象，整体却是清虚玄远，寄意悠渺，蕴含玄理，描述出了“万物皆备于我”这种对大自然真挚而热烈的爱。《泰山吟》可谓是当时的上乘之作。

由此可见，谢道韫的才女人设，不论是在当时的时代，还是在后世看来，都是很稳的。

然而，就在人们以为她会顶着才女光环终其一生的时候，一个意想不到的变故发生了。

晋安帝隆安三年，孙恩之乱爆发。这是东晋时期规模最大、历时最长的兵灾。

王凝之时任会稽内史。叛军威胁会稽，他也做好了充分的准备——在道室里稽颡跪咒，闭门祈祷，作法贴符，拜神起乩，召唤“鬼兵”帮忙守城！

“我已经向上仙请示，借了数万鬼兵驻守各个要塞，我们一定会兵不血刃战胜反贼！大家不要慌！”

其他事，一概没做。

他或许觉得，孙恩也是五斗米道信徒，总不会真的来杀道友吧？

谢道韫劝丈夫组织兵马，修筑工事，以备万全，王凝之一概不听。

谢道韫对这个糊涂丈夫绝望了，自己开始行动。她亲自招募了数百家丁，天天加以训练，直到敌军兵临城下。

“鬼兵”一个没来，会稽城眨眼之间陷落。

王凝之慌了，他丢下手下和一城百姓，带着他和谢道韫的几个子女，仓皇逃出城。可怜这“天壤之中，乃有王郎”的糊涂鬼，逃跑也逃得没有章法，没出城就被叛军捉住，一家子整整齐齐，丧生乱军之手。

一夕之间，谢道韫成了孤寡之人，面对一地亲人的尸首。

这个具有“林下之风”的弱女子，此时已是晚年。她再也回不到过去那无忧无虑，只用舞文弄墨的少女时代。她要面对的，是时代的血腥屠刀。

她没有退缩。

她举措自若，组织家丁和剩下的女眷奋勇抵抗，并且令婢女备轿，预备自己抽刀出门迎敌。这个一生也许连鸡也没杀过的世家贵夫人，抱着她三岁的外孙，和穷凶极恶的匪寇面对面，丝毫无惧。

谁也没想到，一个因软绵绵柳絮出名的女流，内里居然铁骨铮铮，持刀手刃数人！

读史者顾此一刻，怎能不击节而叹。这种淡然不畏死的胆略和从容，恰如临刑鼓琴的嵇康，这才是真正的“林下之风”！

当然，由于寡不敌众，谢道韫的队伍也很快被攻散。她被叛军捉住，带到匪首孙恩面前。

已经无可失去的她当然不会摇尾乞怜。面对叛军用外孙的性命威胁时，她昂然说道：“事在王门，何关他族！必其如此，宁先见杀！”

你们已经杀光了王姓家族，要想再害这个孩子，从我的尸体上踏过去吧！

孙恩虽然暴虐成性，这一次却意外地动容了。他早就听说过谢道韫的盛名，面对如此掷地有声的宣言，他不禁生出敬仰之情，下令赦免了谢道韫和她的族人。

谢道韫从此闲居会稽，专心打理家族内务，写诗做文，没有再嫁。

她的父亲不在了，叔父不在了，往日被她鞭策功课的弟弟谢玄，蒙她解围的小叔子王献之，还有那个差点嫁成的王徽之，也都在他们壮年时期去世了。王谢两家人丁凋零，只剩她一个孤弱女子，追忆往昔浮华。

什么风霜刀剑，什么岁月蹉跎，都已打不败这位峥嵘的年长妇人。都说红颜多薄命，有才气的红颜更易凋零，但是在踏过生命中的无数荆棘之后，谢道韫的气质尤胜往昔。

新任的会稽太守刘柳前来拜谒她，过后称赞她“风致高远，词理无滞，诚挚感人”，又感叹自己“一席谈论，受惠无穷”。

后来陆续有人登门来向这位传奇的女子请教。她便在堂上设一素色帘帏，端坐其中，传道受业解惑，虽然未曾正式设帐授徒，但已被无数人尊称为师道。

又一年匆匆而过，会稽城内再次被皑皑白雪覆盖。谢道韫披上氅衣，独自出门，看着那熟悉而陌生的白色天地。

她似乎看到了那个明媚鲜活的小女孩，因为一句妙手偶得的诗句而声名鹊起，但小女孩本人却并不关心大人们口中的溢美之词，她只想和同族子弟们尽兴地打一场雪仗。

忽而眼中一闪。那些雪地上嬉闹的、粉雕玉琢的娇儿女先后消失了。她看到残破的城，鲜红的血，她和她的家族……那起起落落的一段段故事放到历史的长河里，纵然激扬千载，也不过几道随波的浪花。

忽然，雪地中重新跑来一个粉雕玉琢的小儿。谢道韫惊觉，那是她用生命保护下来的小外孙。

小外孙朝她笑，奶声奶气地出题考试："大雪纷纷何所拟？"

谢道韫哑然失笑，没有回答，而是催促这孩子："今天不读书了。去练剑吧。"

选手资料卡

谢道韫，东晋时期诗人，字令姜。她出身名门“陈郡谢氏”，是安西将军谢奕的长女，谢道韫自幼受到良好的教育，凭借幼时“未若柳絮因风起”的咏雪诗句一举成名，人称“咏絮之才”。她的丈夫为著名书法家王羲之次子王凝之，王凝之死后，谢道韫在会稽独居，终生没有改嫁。

谢道韫为世人所推崇，一是因为非凡的才学头脑，二是因为她身为封建时代的女子，却有着不输男儿的胆识和气量。

谢道韫的前半生生活顺遂、惬意富贵，唯一有什么不满的可能就是婚姻。她的后半生经历战乱，在危难之际被自己的丈夫丢下，亲眼看见家国不再，亲人离散。遭此大难，谢道韫依然一身傲骨，自尊自爱，甚至比芸芸众生活得更加清醒。只是不知，后来的谢道韫，是否也会痛惜自己不是男儿身，恨自己幼时只顾舞文弄墨而没有习武学《孙子》，否则，就可以如父兄一般上战场保家卫国。

谢道韫的人生，远比我们想象的要厚重。

TOP

陈阿娇&卫子夫

文 / 风小餮

两位皇后的“当然了”游戏

视频网站娱乐区首页冒出最新视频《大汉娱乐“内讧”！两位皇后的“当然了”大战》，封面上明艳娇憨的陈阿娇与温婉动人的卫子夫十分吸睛。

阿娇阿娇，直上云霄！
阿娇阿娇，直上云霄！
子夫子夫，皎若明珠！
阿娇阿娇，直上云霄！
子夫子夫，皎若明珠！
阿娇阿娇，直上云霄！
子夫子夫，皎若明珠！
子夫子夫，皎若明珠！
子夫子夫，皎若明珠！
阿娇阿娇，直
娇，直上云霄！
子夫子夫，皎若明珠！
子夫子夫，皎若明珠！
子夫子夫，皎若明珠！

大汉娱乐“内讧”！
两位皇后的“当然了”大战！

VS

子夫子夫，皎若明珠！
子夫子夫，皎若明珠！
阿娇阿娇，直上云霄！
阿娇阿娇，直上云霄！
阿娇阿娇，直上云霄！

25w人正在观看 弹 A 发送

点进视频，主持人充满活力的声音传来：“接下来要进行的是‘当然了’游戏！游戏规则，两人对战，双方轮番通过言语向对方发起进攻！无论进攻方说什么，防守方都要以‘当然了’作答，10秒内无法作答则视为防守失败，进攻方得一分！率先获得三分者获胜！”

"各位观众可不要小看这个游戏！它不仅仅是口舌之争，更是心理战！你是否了解身边的人？你的秘密有没有被他人掌握呢？"

激昂的音乐之后，主持人宣布："游戏马上开始！让我们请出孝武陈皇后！因金屋藏娇的传说为世人所熟知的，千娇百媚陈阿娇！"

陈阿娇踏着主持人的介绍越众而出，言笑晏晏，如盛放的鲜花般艳丽娇俏。

"接下来是令世人'生男无喜，生女无怒，独不见卫子夫霸天下'的孝武卫皇后，卫子夫！"

卫子夫亦起身，笑容可掬地对众人行礼。她头发乌亮浓密，眼波流转，整个人娴静如皎洁明月。

密密麻麻的弹幕从视频上方滚过，两位皇后的粉丝纷纷打 call。

"阿娇阿娇，直上云霄！"

"子夫子夫，皎若明珠！"

第一轮

两位皇后面对面站定，通过猜拳决定攻守双方。第一轮，由卫子夫率先发起进攻！

卫子夫温柔一笑，道："大家皆以为陈皇后名唤阿娇，其实并非如此。"

陈阿娇扬起下巴："当然了！我的名讳岂容外人知晓？史书上并未记载我的名与字，只因'金屋藏娇'的故事流传千古，大家才以陈阿娇唤我。不止我，'子夫'也只是你的字并不是你的名吧。我很好奇，你的字可是你那位做家童的娘亲给你起的？"她话锋一转，对卫子夫发出猛攻。

弹幕因为陈阿娇的这记反击热闹起来。相比卫子夫寒暄般平和的第一轮攻击，陈阿娇的问话可谓尖酸辛辣，直击要害。

根据史料，卫子夫之父乃是不知名卫姓男子，其母名叫卫媪，《汉书》记载卫媪曾是平阳侯家童，《史记》则记载她是侯妾，总之身份低微。

被挑明出身低微，卫子夫并不着恼，反而举重若轻地接下这个话题，道："当然了，自然不比您出生富贵。"

陈阿娇才不管对手是真心实意还是阴阳怪气，她一向以出身自傲，说话时便有些显摆，俏脸上仿佛泛着光："当然了，我的外祖父、舅舅和丈夫都是皇帝！我家先祖陈婴乃是高祖皇帝亲封的堂邑侯，我父亲陈午袭爵后迎娶了我母亲馆陶公主。我母亲乃是文帝与窦皇后的长公主，景帝同父同母的亲姐姐！我自幼衣食无忧，备受宠爱……至于你？如果我没记错的话，你似乎在平阳侯府被调教，修习歌舞，做歌女？"她有些恶劣地笑了两声，"歌女，哈哈！"

卫子夫微微一笑，一派局势尽在掌握的从容，端丽非凡，以柔克刚道："当然了。子夫曾是平阳侯府的讴者[①]，也因此有幸在平阳侯府为皇上献唱，甚至被皇上相中带入宫中。我记得那是建元二年的春天，皇上去霸下祭祖归来。那时，皇上与您已经成亲多年，可惜啊，您不曾为皇上诞下一儿半女呢。"

未曾给汉武帝诞下子嗣绝对是陈阿娇的一大雷区，有史学家分析，这也是后来陈皇后被废的重要理由之一。

听到卫子夫的话，陈阿娇气得柳眉倒竖，粉拳紧握，游戏规则瞬间抛到脑后，怒瞪卫子夫，道："你、你！"

主持人立刻上前一步，大声宣布："卫子夫得一分！"

卫子夫轻抚自己的秀发，陈阿娇气得直拍胸口。

弹幕上，阿娇粉纷纷心疼自家姐姐，子夫粉则在为自家姐姐叫好，也有路人粉有些不明所以："卫子夫这句话很有杀伤力吗？"下方有好心网友发弹幕回答："相当扎心！详细看评论区！"

① 讴者，即唱歌的人，多指歌女。

置顶 评论区中，几条干货评论被高高顶起

千娇百媚 3

心疼陈阿娇！卫子夫拿子嗣说事也太狠了吧。

▼ 1楼 860 查看回复 03-10

皎洁明月 2

“当然了”游戏就是这样玩的啊。陈阿娇上来就嘲讽子夫的身世，不是也很过分吗？虽然这样说不好，但在封建时代，后妃的最大作用就是给皇帝传宗接代……陈阿娇虽然与汉武帝是年少夫妻，可她就是没生下孩子啊。卫子夫只是一个小小歌女，她被汉武帝看中，难道还能反抗吗？

▼ 2楼 690 查看回复 03-10

汉武刘卫 5

同意楼上！总不能怪卫子夫太有魅力令汉武帝一见钟情吧。

据说汉武帝祭祖归来时在平阳侯府休息，平阳公主想到汉武帝还没有子嗣，就向他举荐美人，谁料武帝一个都没看上。后来吃饭的时候，武帝对献唱的卫子夫一见钟情。可能因为子夫的头发极美？以至于后来还有“卫后鬒鬒”的说法①。武帝宠幸卫子夫后，在平阳公主的举荐下把卫子夫纳入宫中，还很高兴地赏赐了平阳公主黄金千两！

黄金千两啊，由此可知武帝对卫子夫有多满意了吧？

▼ 3楼 1120 查看回复 03-10

① 卫后鬒鬒，指汉武帝皇后卫子夫因黑发如云而被宠幸。汉代张衡《西京赋》记载，“卫后兴于鬒发，飞燕宠于体轻”。

金屋藏娇 5

3 楼一看就是汉武帝和卫子夫的 CP 粉。

要说甜，还是我们金屋 CP 比较甜吧。金屋藏娇的故事恐怕大家都听腻了。

那时候刘彻还不是皇帝，只是个受宠的小皇子，四岁就被封为胶东王。有一天阿娇的母亲馆陶公主见到了小刘彻，逗他玩，指着宫里的各色女官问他："你要老婆不要？"小刘彻都说不要。馆陶公主又指指小阿娇，问："那你娶阿娇好不好？"小刘彻说："如果我能娶到阿娇，就修建一座金屋给她住！"

什么是两小无猜！什么是甜甜的命中注定，这就是！

▼ 4楼　　1290　　查看回复　　03-10

汉武刘卫 3

4 楼不必如此真情实感，毕竟金屋藏娇只是古代志怪小说《汉武故事》[①]里写的，很有可能是杜撰。刘彻迎娶陈阿娇，很可能只是出于政治目的，他需要馆陶公主成为自己争夺皇位的助力……

▼ 5楼　　698　　查看回复　　03-10

①《汉武故事》里记载，"后长主还宫，胶东王数岁，公主抱置膝上，问曰：'儿欲得妇否？'长主指左右长御百余人，皆云'不用'。指其女曰：'阿娇好否？'笑对曰：'好，若得阿娇作妇，当作金屋贮之。'长主大悦。乃苦要上，遂成婚焉"。

第二轮

聊到帝后爱情与政治权谋的纠缠，两位皇后的粉丝便混战起来，战况激烈。

视频中两位皇后的“当然了”游戏也逐渐白热化。

阿娇失掉一分后获得先攻的优势，她调整情绪，怒极反笑道：“皇上7岁被封为太子，我便做了他的太子妃。后来他登基，我就成了皇后，虽然我迟迟没有生育，不过他对我颇为爱重，不惜耗金九千万两为我治病，就希望我为他生儿育女。我与他的关系是平等的，不像某些人，宠爱都是自己卑微求来的！”

卫子夫显然也被这番话刺痛了，她眨眨眼睛，调整了一下呼吸才回答：“当然了！子夫出身卑微，被带入宫中后遭到冷落，直到一年之后陛下要放年迈体弱不堪用的宫人出宫，我才终于有机会再见到皇上。我哭求他放我出宫……皇上怜爱我，再次宠幸了我，我因此受孕。您认为我受幸的手段不够光明磊落？难道您与皇上的结合就没有猫腻？您与皇帝的结合便是发乎情？”

陈阿娇红唇轻启，露出贝齿，言辞犀利：“当然了！皇上与我乃是父母之命，是明媒正娶！我母亲馆陶公主对刘彻更有从龙之功！想当年，景帝的薄皇后无子，景帝立栗姬的儿子刘荣为太子。我母亲起初是想把我许给刘荣，只是栗姬记恨我母亲经常向景帝举荐美人，分薄了她的宠幸，所以不同意这门婚事。我母亲便把目光转向刘彻，还想办法劝说景帝废掉刘荣，改立刘彻为太子。我母亲为武帝做了这么多，难道我不配做武帝的皇后吗？”

卫子夫不再避其锋芒，此时她身上彻底表现出执掌后宫数十年的卫皇后的风仪，身姿纤细却不柔弱，语带控诉道：“当然了，馆陶公主的确有从龙之功，武帝也从未薄待这位姑姑！就连她欲杀我弟弟卫青这等恶行也轻轻放过！

“建元三年，我有孕一事使您嫉恨非常，大为不满，您的母亲为了恐吓我，竟然派人去抓当时在建章当差的卫青！幸好卫青的朋友公孙敖义气忠勇，带领一干壮士及时相救，卫青才免于一死，也才有了后来建功立业、报效大汉的机会！

“您标榜馆陶公主的从龙之功，可知晓她是用何种手段令景帝厌弃栗姬的？”

“当然了。”陈阿娇气焰微收，眼神有些闪烁，不似先前的理直气壮，“母亲她在舅舅面前进言，揭发栗姬使用巫蛊之术。这女人跟诸位夫人、宠姬相处时，经常让侍从在背后对她们吐唾沫施加诅咒……可，可栗姬本来就做错了啊，舅舅生气是对的，她本就是个不慈不善的女子。

“舅舅生病了，想把孩子们托付给栗姬，对她说：‘我去世之后，你要好好对待他们。’栗姬竟然生气了，不但不答应，还出言不逊！舅舅早就对她心怀不满……到后来，大行令在朝堂上公然上奏，说什么‘子以母贵，母以子贵，现在太子的母亲还没有封号，最好将她立为皇后’这样的话，引得舅舅震怒，下旨诛杀大行令，又废了刘荣的太子之位。

“我母亲只是对皇帝尽忠，她有什么错？”

涉及后宫阴私，大片大片的弹幕再次覆盖了屏幕。有网友直接用定位弹幕发出了《史记·外戚世家》中与此相关的记载来印证陈阿娇的话。

还有大量网友对此发表意见：

“来了来了，绕不开的媚道话题。”

“古人就是迷信，说什么巫蛊媚道。从背后吐口水顶多就是不够卫生，怎么能够诅咒别人，用口水传染感冒吗？”

“古时候巫祝媚道是很严重的罪过！历史上在这上面跌跟头的后宫女子可不止栗姬一个……”

视频里的卫子夫似乎跟发弹幕的观众们接通了脑电波。陈阿娇话音落下后，卫子夫的嘴角便挂上了一个有些凛冽的弧度。

她慢条斯理道：“当然了。馆陶公主直言不讳，栗姬失宠的源头乃是她行邪魔媚道。您既然对此类行径如此深恶痛绝，后来又为何在后宫施夫人媚道，让楚服等人用巫蛊邪术，祝告鬼神，祸害他人？许多人同情你，以为皇上废后是在给我让位置。现在想来，是你罪无可恕，咎由自取，被废至长门实属活该！”

听闻此言，陈阿娇脸上的血色尽数褪去，身子晃了一下，似乎连站都站不稳。她呼吸急促，望着卫子夫的双眼几乎冒火，嘴唇翕动，口不能言。

主持人观察局势，跳出来读秒：“10秒内不能作答则视为防守失败！10、9、8……4、3！”

就在众人以为陈阿娇无力招架，要被卫子夫拿下第二分直接锁定胜局时，陈阿娇竟然闭了闭眼，缓缓吐出三个字：“当然了。”

说完之后，她又缓了两秒，才睁开眼，逼视着卫子夫道：“是，我用媚道的事情暴露，御使大夫张欧前来调查，给我定罪，后与此事相关的三百多人被诛杀，巫者楚服遭斩首，宫里宫外血流成河……可武帝在位期间，因巫蛊走向末路的远不止我跟栗姬二人。

“你的儿子，戾太子刘据不是也毁在东宫地下的铜人木偶上？卫子夫，你当年为何自尽？是不是觉得擅自把皇后的中厩车架和长乐宫卫兵借给太子，因此愧对君王？你的儿子被武帝派来的军队吓破了胆，竟然与王师在长安城内大战，致使城内血流成河，最终还战败出逃！哈，这就是你的好儿子！”

“你我的恩怨，何必牵扯子女！”卫子夫双颊泛起赤红，怒火中烧，顾不上游戏，激声为儿子争辩，“我儿从未用巫蛊害人，他宫中铜人乃是江充诬陷！江充是什么货色？他与我儿不和，担心太子登基后诛杀他，便刻意构陷，妄言武帝生病是被人用巫蛊诅咒，带着人到处挖木人，用炮烙酷刑对宫人百姓等逼供，闹得人心惶惶、诬告连连！无耻小人，他连我的椒房殿都掘开过，只不过我早有提防，才令他一无所获！

“征和二年，他从东宫挖出所谓的木人，污蔑我儿用巫蛊之术！我儿要到甘泉宫去找父亲为自己辩白，却被江充等人限制行动。堂堂太子，怎可就这样任人鱼肉？他缉拿江充，斩杀按道侯韩说实属无奈之举！可恨协理此案的御史章赣逃走，竟跑到甘泉宫状告太子！我借出皇后的中厩车架、兵器库武器和长乐宫卫队，助我儿诛杀奸臣江充，惩处污蔑太子的巫师，何错之有？”

“冷静，冷静一下哈。”主持人擦着汗出来打圆场，宣布游戏暂停，让两位皇后都稍微调整情绪，去后台稍作休息。

千娇百媚 5

虽然……但是皇后借兵马给太子杀大臣什么的，听起来就很像造反，也难怪武帝生气。

▼ 232楼 456 查看回复 03-11

皎洁明月 4

楼上说错了！武帝晚年虽然开始笃信巫蛊，但对卫皇后和太子还是有所信任的。

刘据在长安起兵之后，武帝也觉得太子是被江充等人陷害，迫不得已才自保行事，于是派遣了一个使者到长安探查。坏就坏在这个使者身上！他是个非常胆小的家伙，根本没进长安城，就对武帝撒谎说太子要造反！武帝大怒，这才派人发兵讨伐“逆贼”。

刘据困在长安城里不知实情，从他的视角看，只知道自己斩杀江充后父皇就派大兵杀来……哎，为了对抗，他打开长安官狱把囚徒放出来充军，还派使者持符节去各处调兵。只是符节要么被拦下，要么接到的将军作壁上观。刘据的兵马数远远低于皇帝的军队，两方在长安城大战五日，太子战败，逃出长安城。

他出逃的当天，武帝派人去收回卫皇后的皇后玺绶，卫皇后随即自尽而亡，哎……

▼ 233楼 382 查看回复 03-11

汉武帝王 3

关于太子巫蛊案，《汉书·武五子传》也是有记载的。而且汉武帝后来意识到太子是无辜的，所以很痛惜自杀的太子和卫皇后，常常怀念他们，这是青史有定论的。

而且汉武帝后来意识到太子是无辜的，所以很痛惜自杀的太子和卫皇后，常常怀念他们，这是青史有定论的。

▼ 234楼 982 查看回复 03-11

皎洁明月 2

关于卫皇后的死，史书上也有记载。《汉书·外戚传》：

诏遣宗正刘长乐、执金吾刘敢奉策收皇后玺绶，自杀。”黄门苏文、姚定汉舆置公车令空舍，盛以小棺，瘗之城南桐柏。卫氏悉灭。

心痛啊……卫子夫在后位稳坐三十八年，最后只落得一台小棺！后宫女子，可悲可叹。

▼ 235楼 632 查看回复 03-11

第三轮

视频里，主持人一番插科打诨后，陈阿娇和卫子夫重新回到台上。观众们本担心两位皇后在后台偷偷肉搏，互扯头花，没想到二位美人这一次竟是携手而来，似乎在片刻的休息时间里达成了某种共识，两人俱是面带笑容。

这一轮，由上一轮失分的卫子夫先开口，她恢复了一派从容，声音如莺啼："世人皆道陈后家世显赫，她本人也骄矜傲慢，说武帝对阿娇的包容全是看在她的身份，说二人是纯粹的政治婚姻……

"但我想，陈皇后陪伴武帝从太子到皇帝，又在后位上坐了十一年，武帝愿花重金为陈皇后治病，他们二人间必是有夫妻情谊的。只是这感情中牵扯到太多的权益博弈，以至无法纯粹。人们总评价阿娇恶毒善妒，但渴望与伴侣一生一世一双人，何错之有？"

陈阿娇接口，她的态度还是一如既往的骄傲尊贵："当然了。论及感情和恩宠，我是远不及子夫的。子夫从建元三年承宠有孕之后，一直备受宠爱，史书中也用'尊宠日隆''大幸''有宠'来形容她。武帝爱屋及乌，不仅宠爱子夫，还重用卫家儿郎。

"卫家儿郎也十分争气，出了令匈奴闻风丧胆的卫青将军、霍去病将军。司马迁在《史记·外戚世家》中记载了十几位后妃，说"陈后太骄，卒尊子夫"，两相对比，只认可卫子夫一人。《卫子夫歌》中唱：'生儿无喜，生女无怒，独不见卫子夫霸天下？'子夫更是中国历史上第一位有独立谥号的皇后，嗜号为'思'，足以看出武帝对卫子夫的追思与爱重。"

两位皇后的话音未落，弹幕就滚过气势浩荡的问号大军。

"退出去重新进了一下，怎么感觉这游戏突然跑偏了？"

"Hello？请问我是进了什么夸夸群吗？"

"太好笑了哈哈哈！突然商业互吹起来了！"

卫子夫敛眉浅笑："当然了！我身后尽享哀荣，看似与陈后不同。陈后当年行媚道被查实，武帝赐下策书：'皇后失序，惑于巫祝，不可以承天命。其上玺绶，罢退居长门宫。’世上流传着陈废后“长门买赋”的故事，人们想象阿娇向大才子司马相如买来《长门赋》，渴望重新挽回帝王的喜爱……可惜阿娇从来不曾复宠，《长门赋》也非司马相如所做，陈废后最终在长门宫香消玉殒。

“陈废后的一生可悲，难道我便万事顺遂？史书夸我是皇上的贤内助，我当皇后的三十八年中，后宫不见妒妇娇女，也没有因嫉妒引发的恶劣事件……栗姬不愿被分薄宠爱，阿娇因武帝恩宠我而寻死觅活，她们皆是敢爱敢恨的真女子。可难道我就是胎心泥塑的石头人，看皇上对李夫人、尹婕妤、钩弋夫人一个个宠幸却无动于衷？不，我只是懂得忍耐，竭力克制，并规范自己的情绪行为，谨小慎微地做一个好皇后罢了。”

镜头移到观众席神色莫辨的汉武帝脸上，还给了个意味深长的长镜头。

陈阿娇的眼睛因笑意弯成小月牙，主动伸出手握住卫子夫的手，举高道：“我宣布，这一轮游戏是子夫赢了。”

卫子夫眨眨眼睛，以温婉端庄著称的美人，笑容里竟带了几分狡黠，她说：“当然了。”然后主动走向阿娇，张开双臂轻轻拥抱了她。

节目现场哗然，主持人瞠目结舌，两位皇后却浑不在意，各自瞟了汉武帝一眼，说说笑笑地离开了舞台。

正在看视频的观众受到的冲击不比节目现场少，从开始就掐个没完的两方粉丝难得地安静下来。几秒钟的空白后，新的弹幕划过：

“突然觉得……这样也不错。”

“我们总争论两位皇后孰美，可两位姐姐其实都是大美人。”

“粉丝们们不要再掐了，其实汉武帝心头挚爱到底是谁真的有那么重要吗？”

“阿娇、子夫，还有后来的那些宠妃，对皇帝来说都是白月光和朱砂痣吧。只是白月光和朱砂痣都比不上权力与地位。”

“所有人都无法彻底独立于时代。两位皇后身处的时代让她们被困在后宫中，最终其实都没有善终……如果她们俩是现代人，未尝不能成为朋友。”

“是啊！子夫的头发那么美，又会唱歌，也许会成为风靡世界的歌手！就算不靠丈夫和争气的亲戚们，自己也能生活得很好！”

“卫子夫连后宫都能管理得那么好，应该考公务员才对！我相信她有惊人的才华！”

“阿娇也不赖啊！正经白富美，一定可以生活得很好！”

“她们也可以找到忠于自己一人，忠于爱情的伴侣！婚姻也不用单纯绕着子嗣打转！丈夫变心就痛快离婚独美，而不是卑微地封建迷信。”

两家粉丝顿时亲亲热热起来，更有一些粉丝喊出“两位姐姐锁了”之类的古怪口号。大家纷纷给视频点赞，四处安利，然后将这条视频顶上了热门。平台的编辑看完之后，给了它一个显眼的推荐位，并且写下推荐语：

“历史有成王败寇，正如游戏有输家赢家。作为皇后，能够不骄不妒，稳定后宫，公平行事，且能举荐贤臣，为家族争光的卫皇后，无疑是比骄矜善妒、膝下无子的陈皇后更成功的。但作为女子，坦率热烈、敢爱敢恨的陈阿娇与温柔恭谨、聪明沉稳的卫子夫一样精彩！

“愿天下女子不复二人囿于后宅之中，愿天下女子不再以做皇后的方式‘霸天下’，愿天下女子知女子、助女子，愿天下女子的人生各有各的精彩！”

陈阿娇&卫子夫

选手资料卡

陈阿娇，孝武陈皇后，是汉武帝刘彻的第一任皇后。陈皇后是西汉堂邑夷侯陈午与大长公主刘嫖之女，在汉景帝年间嫁予太子刘彻为太子妃，建元元年被立为皇后，在一段时间内颇得宠爱。元光五年，以“惑于巫祝”罪名被废黜，退居长门宫，元鼎至元封三年间去世。

陈皇后真名不详，史书上并没有明确的记载，陈阿娇之名，来自志怪小说《汉武故事》中的“金屋藏娇”。故事中写道，在刘彻还是胶东王的时候，馆陶公主刘嫖问刘彻可愿在长大后迎娶自己的女儿，刘彻回答：“若得阿娇作妇，当作金屋贮之也。”后来这个故事流传甚广，就渐渐用“陈阿娇”来称呼陈皇后了。

卫子夫，名不详，字子夫，是汉武帝刘彻的第二任皇后，史称孝武卫皇后，也是中国历史上第一位拥有独立谥号的皇后。

卫皇后原本是平阳公主家歌女，身份卑微，因为被去探望平阳公主的汉武帝刘彻看上而入宫，先是被封为夫人，在陈皇后被废黜之后才立为皇后。卫皇后后来被卷入巫蛊之祸中，自杀身亡，谥号思后，葬于桐柏亭。这死亡的原因，竟是与陈皇后撞上了。

卫子夫成为皇后，连带着卫氏家族也有了机会步入西汉的政权中心，卫青、霍去病、霍光之等人的发迹都可以说是受了她的影响。这些人均为汉武帝建功立业的股肱之臣，所以卫子夫虽无推贤之举，却有引贤之功。

汉代穿搭，

这个秋天，选择**曲裾长襦**尽显成熟风韵

时尚编辑 //顾闪闪　　画师 //米朱弗玄　　模特 //孙寿

孙寿，东汉人。作为一名美妆穿搭博主，孙寿的日常造型和妆容全部由自己一手打造，她容貌艳丽，气质妩媚，却偏偏不走寻常的“甜美路线”，作为“丧系妆容”的掌门人，她尤其擅长将丰富的情感融入妆容中，性感迷离和淡漠哀怨这两种相对的元素在她身上体现得淋漓尽致，也难怪她的妆教会火遍全汉。嫁给权臣梁冀后，孙寿的时尚影响力进一步扩散，但同时，飞扬跋扈、奢靡无度、操纵皇室和暴打小三等闹剧丑闻也传得沸沸扬扬，为她引来了诸多非议。

曲裾长襦 + 长寿纹

七月流火，天气转凉，选好一套曲裾长襦，轻轻松松做到保暖拗造型两不误！

不同于不过膝的“襦”，长襦自带大气高级感，垂坠的版型加持华美绚丽的长寿纹，更能凸显出周身优雅气质。大自然永远是华夏纹样的灵感源泉，长寿纹率先突破

全身搭配

长寿纹曲裾长襦 + 铅粉美白 + 堕马髻

Dapei

了早期纹样的重复呆板，将自由灵动的云纹与缠绕卷曲的枝叶图案巧妙融合，腾龙凤鸟穿梭其间，不仅寓意吉祥，更为简约的长襦曲裾增添了几分精致与曼妙。此外，这种花纹独有的复古格调，与服装自带的重叠感巧妙呼应，一体式的设计，让你无须更多搭配技巧，轻轻松松成为“氛围感”美人。如果你是东方美人典型的娇小纤瘦身材，那你一定要尝试这款穿搭，曲裾长襦的收紧缠绕设计，不仅能很好地修饰身材比例，更能拉长身形，显高显瘦效果 max!

铅粉美白

打造无瑕白瓷美肌

俗话说：“一白遮百丑。”美白永远是女孩子之间不变的热门话题。黄黑皮的妹子们注意了，市面上大受欢迎的美肤粉系列又出新品！为解决早期产品结块、拔干、难保存的问题，汉方美肤粉采用了时下最先进的脱水技术，将精心配比的清爽妆粉浓缩成一小盒，需要时取出粉扑沾染，贴拭面部即可，您将感受到前所未有的细腻、服帖与遮瑕力。相比前朝的糊状“面粉霜”，这种妆粉上妆补妆更方便，持妆时间长，能保持几个时辰不脱妆。

值得注意的是，汉方美肤粉特添加了铅、锡、铝、锌等美白成分，这是以往妆粉从未尝试过的。据使用者反馈，这款产品不仅能起到粉底的作用，帮您打造完美“白妆”，还能去黑去黄，令您的皮肤更加亮白，光彩照人。

不过，也有卫生安全部门对这款产品提出了质疑，指出所谓的铅粉美白，不过是对肌肤的强行“漂白”，这些金属元素会加速面部细胞的凋亡，加快肌肤的衰老速度，一旦停用，即刻反弹，消费者的皮肤将变得更加黑黄粗糙。但倘若长期使用下去，铅粉的毒性会慢慢侵蚀人体，引发多种疾病，直至萎黄瘫挛而死。在此警告各位女性，爱美也要有底线，不能以牺牲健康为代价，过白过瘦的审美都是不可取的。

堕马髻 · 慵懒飘逸从头做起

想保持端庄，却又不想显得太死板？东汉名媛孙寿教你一款新潮发式。

堕马髻的梳法与常规的锥髻类似：首先，将一头长发梳顺，在正中分出发缝，分发两颊，向后至脖颈处松松结为一股，这里注意要修饰好两侧发缕的弧度，这是营造精致感的关键。但与锥髻不同，完成这步后，堕马髻还需从髻中轻轻分出一缕头发，使之向一侧自然垂下，仿佛女郎骑马嬉戏时无意坠落的一般，这也是它名字的由来。这款发型妩媚随性，可宴会可日常，一经问世，就收到全长安的热烈追捧，一时成了东汉美人最爱造型的 No.1。此后，孙寿又推出了愁眉、啼妆、折腰步、龋齿笑等妆发教程，虽褒贬不一，却都引发了大批女性的模仿狂潮。

CHAPTER TWO

Sheng Tang Hong

盛唐红妆

第二章

选送公司

大唐教坊泛娱集团

大唐教坊泛娱集团，是大唐皇帝唐玄宗李隆基创办注资，贵妃杨玉环技术入股的一家以培养歌舞艺人为主的娱乐公司。该公司还特意创建了一个培训场所“梨园”，用以教授歌舞乐理。这次大赛，玄宗公开表示，大唐集团上下一心，必得头筹。

许合子

XU HE ZI

粉丝团

夜莺

应援色

黄色

才 艺

天籁之音，
高音无敌

宣言

我向往自由、平凡，
真正的音乐不该被锁在宫廷。

Pick Me

点击喜爱

许合子
大唐娱乐周刊记者的日记节选

文——徐若央

天宝十载三月初一 天气：晴

今日长安城的天气格外好。我找到了一份新的工作，《大唐娱乐周刊》的全职记者。我们这一行，说好听点叫记者，说难听点叫狗仔，整天拿个小本本，跟在各种明星身后写八卦。

我已经做好了熬夜加班掉头发的准备了。

天宝十载三月十五 天气：晴

已经十五天没有写日记了，不是不想写，而是实在没有时间。下午，我刚吃了两口胡饼，主编就搬着一摞资料走来，嘱咐道："仔细看，明天去采访她。"

我低头瞥了一眼资料，只见上面绘着一位身着月白色衣衫的女子，眉心点着赤红花钿，目若秋水，女子身旁写着七个字：歌坛天后，许永新。

许永新是长安城无人不知无知不晓的实力派歌手，蒙受皇室恩宠，一曲倾城。对于一个刚入职的新人记者来说，能采访到这种大咖，简直是幸运至极。

我上辈子大概拯救了银河系。

为了明日的采访，我认认真真地读了她所有的资料。许合子，吉州永新县人，后被选入宫廷，改名"永新"，籍于教坊宜春院，声音甜美，擅变古调为新声，与历史上著名的歌唱家韩娥、李延年齐名。

草根出身的歌手年年都有，但当代能被称为"天后"的却只有一人，她的存在，是大唐娱乐圈之光！

我真是越来越期待明日的采访了。

天宝十载三月十六 天气：晴

我今日见到许合子了，第一次见到真人，太美了，我找不到一个确切的词来形容她。李白的那句“云想衣裳花想容”应该来形容她啊！毕竟我也还没有见过号称“大唐第一美人”的贵妃娘娘。

我见到她时，她正在后台哼着小调，不是什么名曲，却动听悦耳。

我忍不住问，这是什么曲子？

她笑了笑，家乡小调。

采访正式开始之前，她拿出了好多点心给我吃，没有明星架子，不像是知名人物，倒像个邻家大姐姐。在一片祥和温暖的气氛中，我问出了第一个问题：许姑娘谈谈自己的出道之路吧。

我之所以称她为“许姑娘”，是因为我实在不知道，她喜欢别人叫她许合子，还是许永新。我猜想，她改名为“永新”应该是被逼无奈，把原来的名字改成家乡之名，或多或少都会有些说不清道不明的牵扯，其中道理，明白人自然会懂。

听闻我的提问之后，她双目低垂，陷入了回忆，良久，才缓缓道：“是一次机缘巧合。那年重阳佳节，我和邻家女伴一同登高踏青。我望见漫山遍野的红叶，觉得满心欢喜，便忍不住清唱了一曲田间小调。那时候年纪小，怎知一首歌曲会为自己的将来带来多少福祸呢？第二天，就有个身着官服的人来家里，他与母亲低语了几句，母亲便笑逐颜开地将我交给了那位大人。后来，那位大人将我带到了宫里，承蒙陛下赏识，留在教坊做了内人。唉……有些人为了进宫，争得头破血流，却不知道，一旦入了宫门，想回头就难了！这个圈子太复杂，太利益，太虚伪。”

她的语气淡淡的，透着一丝伤感。

年轻的我其实并不懂，那么大的腕儿，有皇家庇佑，有粉丝追捧，有母亲支持，为何会有此感叹。我若是她，有了这般成就，只怕做梦都会笑出来。

见气氛有些悲伤，我换了一个和音乐相关的问题：许姑娘为何要变古调为新声？

她的回答也很专业，她回答："宫中有太多才女，唱歌的，跳舞的，抚琴的，但每年每月大家都是排演那么几首古曲，实在没有新意。我想将阳春白雪和下里巴人融合，创造出属于自己的音乐。变调，是大胆的尝试，也是未知的冒险。我虽不知道能不能一举成名，但却知道，一定是前无古人。这对一名艺术工作者来说是很重要的。事实证明，我成功了。成功了就是对的，这是世人的观点。"

我问，要是没成功怎么办？

她端起茶杯，饮了口茶，轻声道："能怎么办……最好的结果就是老死宫中。"

我心中划过一丝伤感，有些理解了她孤注一掷的勇气。

临走之前，她忽然拉着我的手，目光直视着我，郑重地道："自从我来到这里，我就从未真正快乐过，我向往自由、平凡，真正的音乐不该被锁在宫廷。"

说完，她又叹了口气，失落地松开手："我这句话大概不能刊登吧！"

我抱歉地低下头，没说什么，算是默认了。若是这种言论刊登，那我的饭碗和她的饭碗都保不住了。

出宫的时候已经很晚了，我远远地望了一眼宫门，月光下，敞开的宫门像极了一头正在张嘴吃人的猛兽。

也许，许合子是对的，真正的音乐不该被锁在宫廷。

天宝十载四月二十 天气：阴

上个月的采访，这个月终于刊登了。

那篇采访文章的题目是：下一站，天后。

为了满足大众口味，我把那些伤感的话语都删去了，只留下了励志、鸡汤的语句。长安城里的姑娘们看见了，一定会重燃"进宫"的梦想，毕竟，谁都想成为第二个"许永新"，或者第二个"杨玉环"。

说实话，我很内疚，我想辞职了。

大唐这么大，谁不想出去看看？

但是，为了银子，我不能辞职。

（此处省略很多无关紧要的日记）

天宝十二载八月十五 天气：晴

月圆之夜，老皇帝过生日，降下一道圣旨——在勤政楼举行庆典宴会，命百伎献艺助兴，与民同乐。也就是说，平民百姓也能去看平日里看不到的宫廷演出，还是不用买票的那种，像我这种底层工薪阶层，怎么能放弃这种占便宜的机会！

我早早地去了，历经千辛万苦抢到一个好位子，在这里，既能看到皇帝，又能看到表演。

夜宴之上，百姓成千上万，场面嘈杂不安，根本听不清管弦之声。我默默地瞥了眼老皇帝，老人家显然有些不悦，眉宇间透着龙怒，这时，中官高力士奏请："命永新出楼歌一曲，必可止喧。"

皇帝点头应允。

而后，一道熟悉的身影缓缓走上高台，她朱唇轻启，甜润的声音缓缓流淌而出，喧闹的人们不约而同地安静下来，都开始倾听这坠入凡尘的仙音。

喜者闻之气勇，愁者闻之断肠。

一曲罢，众人还沉浸在其中，久久不能回神。

许久不见，她的歌声越发的婉转动听了，现场观者如痴如醉。

那夜，月华如水，长安城一片繁华，盛世之音传遍大街小巷，融进了月夜，浸透了时光。

我当时听见人群中有人惊叹："有她，才是盛世！"

是吗？我记得自己望着台上的她，只觉得她无比孤独。

天宝十二载十月初五 天气：晴

许合子又出新歌了，长安街头，男女老幼几乎人人都会唱她的新歌。听说，她和宫廷乐师李谟切磋技艺，李谟吹笛，她唱高音，最后，李谟的笛管吹裂，高亢的笛音也未能比过她的嗓音。陛下赐下千金，并道："此女歌值千金。"

我想再约一次采访，却遭到了主编的阻拦。

“人红是非多，宫里还有一位姓杨的贵妃，那才是真正的主子！”

深宫险恶，以许合子今时今日的地位，只怕宫廷之路已是如履薄冰。若外面的人再次大肆宣传，怕是会将许合子推入风口浪尖。

天宝十四载十一月初九 天气：阴

从同行口中得到一个小道消息：安禄山以“忧国之危，奉密诏讨伐杨国忠以清君侧”为借口于范阳起兵了。

太平盛世，怎么会无缘无故打仗？只怕是谣传吧！

没有人相信，也没有人逃亡。

长安城一片祥和，我煮了一壶茶，哼着许合子的新歌，惬意地享受午后的时光。

天宝十四载十一月十五 天气：晴

安禄山真的造反了！

《大唐娱乐周刊》宣布停刊，我改行做了战地记者，在这乱世之中，总有人要献身。

天宝十五载六月十三日 天气：大雨

凌晨，老皇帝逃离长安，大唐之辱也。

教坊的乐人纷纷踏上流离之路，食不果腹，朝不保夕。谢阿蛮、李龟年、许合子……这些曾经名动长安的传奇人物已不知去向。

许合子曾说过：真正的音乐不该被锁在宫廷。

我觉得此时此刻，对她而言不是要避难，而是自由的开始。褪尽铅华，她彻彻底底成为平凡之人，不必再惺惺作态地去敷衍那些位高权重的大臣。

或许，她正在这世间的某个一角落，为百姓而歌。

她的歌声将会为离家的人找到归途，为苦难的人寻得温暖。

至德元载七月二十五 天气：晴

这个月发生了许多大事，李亨在灵武即位，尊老皇帝为太上皇。杨玉环被缢于马嵬坡，时年三十八岁，一代红颜，含恨而死。

我亲眼望见了那一幕，写了一篇实时报道，登上了头版头条，消息传了十日，已是人尽皆知。

今日，我怀着无比沉痛的心情离开了马嵬坡，踏上了未知的路。长路漫漫，一时之间，竟不知去往何处。

迷茫之时，我听见渡口传来一阵熟悉的歌声，动听且温柔。我抬起头，望见渡口停着一叶扁舟，舟上之人正是许合子，一身朴素的衣衫，脸上不施脂粉，谁能想到这是当年红极一时的歌坛天后？

她也望见了我，划船而来，朝着我笑了笑，眉眼依旧，声音如初，她柔声道：“真是缘分。”

是啊，战乱之中相见，当真是缘分。

我们在船上相谈甚欢。从交谈中得知，如今，她已成了渡人过河的船户，她很喜欢这样的时光，无拘无束，想唱就唱。

说话之时，一个男子走了过来，贴心地为她披上一件衣衫，并道：“娘子，小心着凉。”

“娘子？”我诧异地看着两个人。

许合子羞涩地低下头：“我遇见了良人，下个月，我们便成亲。”

我真心为她感到高兴，愿意也想留下来，参加他们的婚礼。

至德元载八月初十 天气：晴

真巧，今日又遇到了一位故人。

话说月色正好，我正与许合子在船上把酒言欢，许合子一时兴起，唱起了一首她当时的成名曲《水调》。高亢的声音划破夜空，婉转的歌声传遍河畔，我们只听岸上有人大喊："唱曲之人可是永新？"

闻声，许合子探出头去，一眼便认出了那人，回道："岸上可是韦青将军？"

"是，是我！"韦青的声音变得有些沙哑，大约是太过激动。

许合子邀韦青上船，我不忍抬头去看韦青沧桑的面容。我曾经也采访过韦青，那时候，他还是满怀热血的青年，朝气蓬勃，对未来满是憧憬。

韦青，当年也是大唐知名青年歌手，不仅精通音律，后期更是做到了金吾大将军一职，他的一举一动，皆能引起少女们的尖叫。可惜，一场战乱，物是人非，如今的他，明明年岁不大，却像极了饱经风霜的老人。

我们互相诉说着各自的遭遇，国破家亡，背井离乡……最后，大家又陷入了漫长的沉默，只能捧起烈酒，一口一口含泪饮下。

韦青醉了，声音哽咽道："当年啊，长安啊，大明宫啊！没了，都没了！"

许合子闻言无语了一会儿，后淡然道："没了便没了，也挺好。"

她与韦青不同，韦青身为朝廷官员，战乱过后，若大唐仍在，他亦能重返朝堂。而她，不属于帝王家，也不属于百姓家，她现在仅属于她自己，许合子已经不再迷恋大明宫的奢华。

每个人对长安的态度都不同，有人爱它，有人恨它。

而我，怀念它，我想回到那里，吃一口羊肉，尝一口胡饼，哪怕天天加班赶稿，我都愿意。

至德元载八月十五 天气：晴

许合子成亲了，她的婚礼简单、温馨，我能感受到她心中的喜悦。

那日，韦青唱了一曲《桃夭》，送她出嫁。

我们都哭了，也不知为了什么，每个人各有欢喜，各有哀愁。

至德二载七月二十 天气：晴

距离上一次写日记，已经快一年了，岁月如梭。

上个月，长安城被收复了。

虽然战乱没有结束，但至少我可以收拾行李，回到长安。

至德三年十月六日 天气：晴

秋风萧瑟，落叶飘零，长安城没有往日的姹紫嫣红，但长安最繁华的烟花巷前挤满了男子，只因那个女子回来了。

许合子，她回来了！

离上次分别，已过了两年，我不明白她为何回了长安。我想去看看她，便约了一次采访。

相见之时，她端坐在铜镜前，嘴角浮起一丝嘲讽，脸上的白粉遮掩着眼角的皱纹，额头上赤红的花钿仿佛能渗出血来。

我走到她面前，轻声问：“你的夫君呢？”

她眸中浸着点点泪光：“染了风寒，过世了。”

我下一个问题还没问出口，只听门外传来一个老女人催促的声音：“快点吧！一会儿她还要接客，耽误了时辰可就不好了！”

我感到诧异："接客？"

许合子淡淡地道："如今生意不好做，免不了抛头露面。"

我更加激动了，大声问道："你从来不是畏惧贫贱之人，怎会为了银钱如此作践自己？"

她轻声地叹道："我能怎么办？母亲跪在我面前哭诉恳求，我只能妥协。"

许合子的母亲，一个只认钱不认人的老女人，曾是永新县的普通乐工，她越是得不到想要的权利和地位，便想方设法让自己女儿得到，却从不问许合子自己想不想。当初是如此，现在依旧是如此。

我无法改变许合子的命运，只能恨其不争，哀其不幸。

她还说："若知会流落风尘，倒不如生来便是聋哑，听不见，说不出，清清静静。"

我凝望着她走上高台，唱起旧时的小调，清歌丽嗓，面容姣好，目光却无比哀伤，这里已经不是她的盛世长安了。暖阳洒在她的衣衫上，时光仿佛又回到了二十年前……那时没有战乱、没有逃亡、没有物是人非……

她的声音引来无数男子，他们依旧为这天籁痴狂，却无人知晓轻歌曼舞背后的伤痕。她再也看不见光明，从此往后，生活在黑暗的深渊。

她已是有心没有爱的行尸走肉，她唱着小曲，微笑着，心却滴着血。

没有人发现，她的鬓间多了几丝白发，她的青春已经逝去。

至德三年十月六日 天气：晴

今日走在朱雀大街，听见有人在议论许合子。

"她病了？"

"是啊！时日不多了。"

"那几日，她疯了似的不分昼夜地唱歌，唱着唱着，就晕倒在台上了。"

听到这里，我疾步往烟花巷走去，见到她时，她憔悴地躺在榻上，面色如纸。

我走过去，也不知该说什么，只是握着她的手低声安慰："许姑娘，你一定会好起来的，我还等着听你的新歌。”

她面上挂着微笑，却如此哀伤，她叹道：“我不愿再唱歌了，这辈子不愿，下辈子也不愿，我累了。”

她说：“我这一辈子都在为别人而活。那年重阳节，阿娘将我打扮得甚是精致，她让我去踏青唱歌，我便去了，谁知竟遇到了那位大人……一切都是安排好的，从始至终，我都没有选择过自己的命运。”

这句话，含着多少不甘，多少恨意，多少悔恨。

人们羡慕她的嗓音，羡慕她的成就，唯有她痛恨这嗓音，她的前半生困于宫廷，后半生流落风尘，始终命不由己。

她低声问我：“以后会有人记得我吗？我这样的人，会有人记得吗？”

“会！”我肯定地回答。

临走前，我听见她将茶盏狠狠地摔在地上，冷笑道：“阿娘，你自己好好过吧！你的摇钱树倒了！”

她终于反抗了一次，在生命的最后一刻。

广德元年正月三十日 天气：晴

战乱终于结束。

我不知道史书上会如何记载这场战争，我所闻之，见之，皆是苍生悲苦。

战争的背后究竟是什么？是皇权之争，是红颜白骨，是流离失所。许合子，她一人的经历乃是教坊无数乐人的缩影，是这个时代女子命运的缩影，谁也无法选择命运，只能沦为乱世中的浮萍。

我将许合子的故事告诉了作家段安节，他将许合子写进了新书《乐府杂录》。

我想，后人一定会记得她的。

如今长安街头，再无许合子的盛世之音，她走了，盛世也走了。

长安啊长安，终是不见了。

选手资料卡

许合子，又名许和子，本来是著名的民间歌手，因为歌声美妙，唱得太好了，开元末年被选入宫廷，成了宫廷乐人，后改名“永新”。

许合子的声音甜润，可以轻松唱出高音，她善于变古调为新声，能完美地表达歌曲中蕴含的思想和意境，所以她的歌声也能够轻易引起听众的共鸣。据说只要许合子开嗓唱歌，长安万人空巷，大家纷纷化身追星小达人，奔赴现场享受歌声。

《开元天宝遗事》记载，宫妓永新者，善歌，甚受玄宗宠爱，每对御奏歌，则丝竹之声莫能遏。帝尝谓左右曰：此女歌值千金。许合子的歌声得资深音乐人唐玄宗好评，称赞她的歌声抵得上黄金千两。

天宝十四载，安史之乱爆发，许合子随众逃出长安，一路颠沛流离，后流落风尘，郁郁老死，一代著名女歌手就这样结束了一生。她在死时，大概也是望着长安的方向。

鱼玄机
YU XUANJI
粉丝团
有情郎
应援色
青色
才 艺
作诗写文
宣言
我偏要让这世人看看，
我鱼玄机亦可像男子般活得潇洒快活。
点击喜爱
Pick Me

鱼玄机
微博那些事儿

文————若南

公开

鱼幼薇

1558 阅读

公元849年（唐大中三年）秋

大家好，我是鱼幼薇。

转发 7680　评论 9245　赞 1.8万

按热度

裴诚

第一！小美女好。

58

令狐滈

哎哟，听说这小娘子才五岁，已经会背百余首诗了。不如，明儿请小娘子来府上坐坐，也好叫我等开开眼呀。

查看原微博

58

李商隐

23

可做个人吧，人家只是个五岁的孩子！【白眼】【白眼】

鱼幼薇之父

薇儿，今日教你的诗可背完了？休要顽劣，快去温习功课！

58

点此加载剩余评论

仅自己可见

鱼幼薇

公元852年（唐大中六年）夏

0
阅读

发布了头条文章：《记于大中六年八月壬申日》

记于大中六年八月壬申日

阿爹走了。

我晓得，阿爹是很喜欢我读书的。五岁的时候，阿爹带我来到了下邽这个镇子，这里有个教书先生，学问比阿爹还要厉害，这便是我的第一位老师了。

这个私塾中的学子大多是男孩子，只有我和叶樱姐姐两个姑娘。阿娘不许我和男孩子混在一处，叶樱姐姐就是我唯一的玩伴。

阿娘说，阿爹年轻的时候屡试不第，后来考取功名成了他的心病。自小，阿爹就把自己的希望寄托于我，教我读书写字，在功课上丝毫不许我懈怠。可惜我是个女儿身，此生是与功名无缘了。

我不大明白，为什么女孩儿不能考取功名？我虽是女孩儿，是私塾里最小的学生，但每次老师考察课业，我总是第一名。倘若我能够参加科举，说不定也有金榜题名的一日呢。

阿娘其实不喜欢我读书，她觉得女孩儿就该绣绣花做做饭，好好持家才是正经。如今爹爹去了，阿娘就再不许我去私塾了。她明天就要带我回鄠杜去了。

我舍不得阿爹，舍不得老师，舍不得叶樱姐姐，也舍不得这些诗词歌赋。

评论 0　　赞 0

公开

鱼幼薇

1558 阅读

公元854年（唐大中八年）秋

转发微博//@温庭筠：今日天气晴好，幸识鱼家独女鱼幼薇，茶余闲论诗文，不想小小年纪，见识却不俗。谈至尽兴，吾以“江边柳”为题，请幼薇题诗一首。幼薇稍沉吟，遂得一诗，吾大为叹服，在此与诸君共赏：

赋得江边柳

翠色连荒岸，烟姿入远楼。
影铺秋水面，花落钓人头。
根老藏鱼窟，枝低系客舟。
萧萧风雨夜，惊梦复添愁。

转发 3.7万　评论 1.3万　赞 31.9万

按热度

段成式

据说此女年方十岁！

58

方干

不得了啊，如此后辈，温大诗人江湖地位不保啊。【斜眼笑】

查看原微博

58

韦庄

方三拜远在会稽，居然也听说了鱼幼薇诗名？

叶樱

影铺秋水面，花落钓人头。此二句对仗工整，虚实结合，将诗人漂泊无依的落魄心情描写得淋漓尽致，妙哉，妙哉。

58

点此加载剩余评论

仅自己可见

鱼幼薇

公元854年（唐大中八年）秋

0 阅读

发布了头条文章：《记于大中八年十一月甲戌日》

记于大中八年十一月甲戌日

从不曾想，这样萧瑟的时节里，我竟能遇到这样如旭日般的男子。

他叩响柴门的时候，我正在屋里给团扇扇面绣并蒂莲。这是街头蓬莱院妈妈要的东西，连同许多衣裳手帕之类的物件，都要赶在明儿太阳落山前给她送过去。自两年前随阿娘回到这里，我们便常接些绣活儿糊口。家里离蓬莱院只隔了半条街，那里的妈妈也成了家里的常客。

阿娘放下手中的活计去开门，我往屋里挪了挪，躲进了门扉背后的阴影里。

门吱吱呀呀地打开，我有些好奇，悄悄伸出半个头远远打量着来人。那人身量比母亲高上许多，一身圆领襕袍，似乎和父亲一般是个读书人。

他低头与母亲说着什么，不一会儿工夫，母亲竟引他进了屋内。我慌忙放下手里的绣活儿往后院跑去，前脚刚跨出屋门，就听母亲喊了我的名字。

我低低应了一声，回过身来。

“幼薇，见过温先生。”

“是。”我微微屈膝，脑中思量着，温先生，京中姓温的先生不多，我叫得上名字的，也就只有——

“在下温庭筠。”

果真是他！我抬起头，眼中毫不掩饰的震惊逗得他低声笑

仅自己可见

起来。

不知今儿是怎么了，一向不许我出门的阿娘居然允我跟他一同去河堤走走。我跟着他到了一间茶楼，二楼靠窗的位置，河堤残柳拂岸的景致看着格外凄然。

我知道他是有心试我，但我并不介怀，毕竟，能被温飞卿试一试文章，也是十分难得。

以杨柳为题，这倒不难。我望着河堤出神片刻，提笔在花笺上写下一首五言律诗。

他接过花笺，读得很仔细，面上的笑意也渐渐浓郁起来。许久，他抬头问我："你可愿意跟着我学诗？"

我毫不犹豫地点头，又怕他反悔，起身对着他行一大礼，脆生生地喊道："老师。"

他拉我起来，笑得更加肆意。我便也跟着他笑，那天的阳光格外的暖。

评论 0 赞 0

公开

鱼幼薇

公元855年（唐大中九年）秋

《早秋》

嫩菊含新彩，远山闲夕烟。凉风惊绿树，清韵入朱弦。
思妇机中锦，征人塞外天。雁飞鱼在水，书信若为传。

转发 1.1万　评论 3211　赞 9443

按热度

温庭筠

《早秋山居》

山近觉寒早，草堂霜气晴。树凋窗有日，池满水无声。
果落见猿过，叶干闻鹿行。素琴机虑静，空伴夜泉清。

查看原微博　58

路人甲姓陆名离

天呐，男神和女神的和诗！

司空图

通读此诗，顿感心旷神怡，山居的宁静令人神往不已，妙哉，妙哉！

段成式

朝廷此举实在过分，居然将你独与其他考生隔开，罢罢罢，这科举，不考也罢。

裴诚　回复段成式

柯古兄慎言，况且，实在是飞卿过于热心，往年这半个考场都能受飞卿恩惠，朝廷脸上也过不去嘛。

转发 1.1万 评论 3211 赞 9443

按热度

看客甲

照我说，这温大诗人也是自找的。本是才华横溢大有前途之人，却整日同公卿家族的无赖混在一起，如此自甘堕落，让自己入不了圣眼就算了，还在考场上公然给其他的举子做题，这不是逼着主考官孤立他吗？

看客乙

温大诗人文采斐然，又精通音律，就算不能进入朝堂，在民间也挺好的，自在！

点此加载剩余评论

仅温庭筠可见

鱼幼薇

公元857年（唐大中十一年）冬

0
阅读

《冬夜寄温飞卿》

苦思搜诗灯下吟，不眠长夜怕寒衾。
满庭木叶愁风起，透幌纱窗惜月沈。
疏散未闲终遂愿，盛衰空见本来心。
幽栖莫定梧桐处，暮雀啾啾空绕林。

转发 0 评论 1 赞 1

按热度

鱼幼薇

@温庭筠 你在襄阳过得好不好？

公开

鱼幼薇

公元855年（唐大中九年）秋

1558 阅读

《游崇真观南楼睹新及第提名处》

云峰满目放春晴，历历银钩指下生。

自恨罗衣掩诗句，举头空羡榜中名。

转发 1.1万　评论 3211　赞 9443

按热度

温庭筠

阿薇的才情，不逊于当世任何一个男子。

查看原微博　58

鱼幼薇

为何不回我书信？

吃瓜群众姓凌名悦

哇唔！有故事！

李亿

此诗竟是出自姑娘之手！

司空图

诗句中满含的悲凉与无奈，令人心生惋惜。诗中蕴含的磅礴大气之象，竟是巾帼不让须眉，妙哉，妙哉！

点此加载剩余评论

仅自己可见

鱼幼薇

公元859年（大中十三年）春

0 阅读

发布了头条文章《记于大中十三年三月己卯日》

记于大中十三年三月己卯日

三日后，我要“嫁”与当朝状元李亿为妾了。

识得李子安，是因为老师温庭筠。

三年前，老师离京前往襄阳，我的生活又回到了幼时沉闷的样子。阿娘在那年冬日染了风寒，这一病，身体大不如前，许多琐事皆需我来照料。我其实并不擅长这些，只感到烦闷。

我时常会想起他。那时的他也是在这样的日子，敲响了我这一方小院的门。不知道……他现在在做什么，是不是偶尔也会念起我。

阿娘最近常在我耳边唠叨，说我已经十四岁了，该找个婆家，安顿好终身大事了，这样她也好走得放心些。

来家里提亲的人并不少，老师说，我才情很好，样貌亦是出众，配得上这世上最好的男儿。

可我知道，我这样人家的女儿，并不会有很出众的男子愿意娶我为妻，且我亦不想就这样与一个毫不相干的陌生人过一辈子。

嫁给他吧，嫁给温飞卿。

我被自己的这个念头吓了一跳，连忙将一杯冷茶囫囵灌了下去。可愈想要冷静，这样的念头愈是清晰。

我时常会写信给他，与他讲一讲近况。我告诉他，我过得不好，我告诉他，我想有个依靠。许是我的信写得晦涩了些，他鲜少回信给我，哪怕来信，对此事也只字不提。

当我打算修书，直言问他是否愿意娶我时，他回来了，带着一个男子。那人约是弱冠之年，器宇轩昂，目光炯炯地瞧着我。

老师说，这是新科状元李子安，偶然看到我的诗句，一见倾心，特跟来拜访我的。

我笑了，原来他专程从襄阳回来，为的是引见李子安与我认识。多温柔的人啊，连拒绝也是这样绕着圈子。他这么聪明，我的意思，他怎么会不明白，只是他不想，不敢，不愿罢了。

我鱼幼薇自然不是会苦苦纠缠的人，既然老师无意，我便收好心，只敬他为师。

阿娘的身体越发不好了，子安空下来时，常常会来家中帮忙照料。偶尔偷得浮生半日闲，我二人一起举杯邀月，也是分外开心。

开心，是了。和子安在一起，我总是开心的，哪怕只是闲坐着，说两句家常，也是快乐的。这是同老师在一起时，不一样的快乐。

“子安，娶我吧。”在冬雪开始消融的那天，我说。

他沉吟许久，缓缓叹息道：“我……已娶妻。”

我有些微愕然，但转念间，已做出了决定。

“我不在乎为妾，只要你在便好。”我看着他的眼睛，果敢而决绝。

……

“好。”

评论 0　　赞 0

公开

鱼幼薇

公元859年（大中十三年）春

十四为君妇，羞颜未尝开。@李亿

转发 9712　评论 1.3万　赞 24.8万

按热度

温庭筠

恭喜阿薇。

58

李亿

♥

58

韦庄

百年好合，早生贵子。

58

点此加载剩余评论

仅自己可见

鱼幼薇

公元859年（大中十三年）冬

发布了头条文章：《记于大中十三年十一月庚辰日》

记于大中十三年十一月庚辰日

我以为，这本该是我人生中最快乐的一年。

三月桃花开得最盛的日子，我嫁给了子安，嫁给了这个我以为可以托付一生的人。

仅自己可见

他为我在京中买下一方院子，离家很近，这样我便可以常回家去，照料病中的母亲。

这些真切幸福着的日子，我很喜欢。直到八月，阿娘走了，子安的妻裴氏亦到了长安，我所期许的所有幸福，都蓦然间离我远去。

裴氏容不下我，她对我，是我始料未及的厌恶。

阿娘走后，子安想接我去府中同住，裴氏知道后勃然大怒，带着一众丫头来了我的院子，不由分说打了我一巴掌，用了十分的力气，仿佛是要把这不合时宜的爱情打到尘埃里，我避无可避。

我冷眼瞧着她，耳中的轰鸣声让我听不清她在说些什么。屋内并不算多的陈设被悉数砸碎，连同我曾期许过的许多，碎得再也无法拼起。

不知过了多久，这场闹剧才算终结。我独自在黄昏里收拾这满院狼藉，直到夜深。

那天之后，我大病一场，却极少再见子安。许是心绪不佳，这一病，竟是缠绵许久，至今未有起色。

前些日子，叶樱姐姐嫁到了江陵。她走前来看过我，嘱咐我病好些去江陵寻她。

如今，这京中确然是没有什么可留恋的了，去江陵走走也不错。

评论 0　　赞 0

仅李亿可见

鱼幼薇

公元860年（唐大中十四年）秋

0 阅读

《江陵愁望寄子安》

枫叶千枝复万枝，江桥掩映暮帆迟。

忆君心似西江水，日夜东流无歇时。

转发 0　评论 1　赞 1

按热度

李亿

傻丫头，要照顾好自己

公开

鱼玄机

公元866年（唐咸通七年）夏

1558 阅读

自今日起，我鱼幼薇入咸宜观，度为道士。此后，世上只有鱼玄机，再无鱼幼薇。

转发 13.1万　评论 5.4万　赞 62万

按热度

路人丙姓林名苏

天呐，这也太突然了。这几年鱼姑娘写给李子安的诗，皆是入骨的柔情，缠绵的相思，如今居然选择离开，一定是积攒了很多很多的失望吧。

58

吃瓜群众姓凌名悦

你没听说吗，状元郎可是出了名的妻管严，状元郎的妻子裴氏容不下鱼姑娘，鱼姑娘这是被赶出来了！这样也好，要不然待在那李家，说不定要被怎么欺负呢。

58

点此加载剩余评论

公开

鱼玄机

公元866年（唐咸通七年）夏

1558 阅读

我讨厌这个世界的不公，女子仿若是一件衣裳，必须依附男子而生，不喜欢便可被丢在一旁。为什么女子生来就要被选择？无法像男子一样在仕途中施展抱负，还要在婚姻中忍受丈夫的遗忘和抛弃？为什么男人做不到的“从一而终”，却是女子必须具备的德？我偏要让这世人看看，我鱼玄机亦可像男子般活得潇洒快活。

转发 13.1万　评论 5.4万　赞 62万

按热度

匿名用户一号

这人是疯了吧，居然说出如此大逆不道的话来。

58

方干

此言差矣，此言差矣。

58

罗隐

我觉得确是有几分道理的。

罗隐

可叹，可叹。

58

点此加载剩余评论

公开

鱼玄机

公元866年（唐咸通七年）秋

1558 阅读

咸宜观，鱼玄机诗文候教。

转发 2.9万 评论 1.8万 赞 12.5万

按热度

李近仁

仰慕姑娘诗名已久，如有幸拜访，李某荣幸之至。

58

李郢

恭递名帖。

58

匿名用户二号

简直是胆大妄为！

58

方干

姑娘何必如此自甘堕落。

58

点此加载剩余评论

公开

鱼玄机

公元867年（唐咸通八年）秋

1558 阅读

易求无价宝，难得有心郎。

转发 5900万 评论 4925 赞 13.1万

按热度

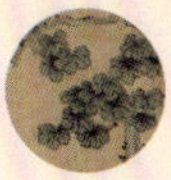

李郢

姑娘可愿看看我的一片真心。

58

点此加载剩余评论

公开

鱼玄机

公元870年（唐咸通十一年）秋

1558
阅读

发布了头条文章：《最后的随笔》

最后的随笔

我知道，我这一生已走到尽头了。因为，我失手打死了我的小丫头绿翘。

绿翘这个丫头，聪明伶俐，在诗词上也颇有天赋，我很愿意教她读书作诗。别看这个小丫头平时一副乖巧的样子，其实啊，性子倔得厉害。

很像我。

我这一生承受过的东西，幼时的贫穷，爱情的背叛，我都不愿意让她受一点点。我手头并不算宽裕，但所有的吃喝用度，我都没有亏待她。我会常常跟她讲，身为女子，万不可把这一生的幸福与自由寄托在一个男人身上，要把选择权紧紧握在自己手里，喜欢时便与他吟诗作赋，不喜欢亦可将他拒之门外。

她这么伶俐的丫头，怎么会不懂得我的良苦用心，怎么偏要为了一个男人而离开我？

我当然不能让她一错再错，我不能让她再走一遍我的路。

晚上，我把房门落了锁，问她：你当真要跟那姓陈的走？你最好想清楚再答，若敢说要，便是这鞭子伺候，打到你改口为止。

可她怎么这么执拗，哪怕疼地喘不过气，也不肯说一句不走。我气急了她，下手愈发重，等我再问她时，竟已没了气息。

有眼泪从我眼角滑下来，她死了，我亲手打死了这世上残存的“我”。

已经入了秋，夜里是很凉的。对，太凉了。

我轻轻地把她抱进怀里，尽量不去触碰她的伤口，小孩子娇嫩，疼了是会哭的。

要是哭了能有人哄，有人心疼就好了。

我抱着绿翘坐了好久，衙役来得好慢啊，他们拉我起来的时候，我的双腿已经没了知觉，甫一起身就踉跄着要摔下去。他们轻蔑地笑着，毫不在乎地拎起我，把我带回去复命。

审判很快，因为我丝毫没有为自己辩解。斩首示众，是个好结果，我很满意。

想来，我这二十六载，实在是过得有些落魄。十岁遇见老师，在诗词唱和间生出情愫，我把它告知于他，换来的是毫无回应的拒绝。十四岁爱上李子安，那样的不顾一切，以为有他在，我什么都可以忍受，换来的却是八载的聚少离多和一封休书。二十二岁入咸宜观，此后我再也没对谁动过心，饮酒赋诗，潇洒自如，我是快乐的，可心里却总有些空落落，多少酒也填不满。

但若从头来过，我依然愿意这样活着，愿意纵情于爱恨，过得恣意潇洒，也不愿囿于世俗，困于人言。

这一世的性命，我偿给绿翘，希望她来生能活出属于自己的精彩。

而我的来生，我想生在一个太平盛世，那里的女孩可以凭借自身的本事立于世，可以自由选择自己所爱的人相守一生，活得独立而快乐。

转发 3万　评论 2.1万　赞 28.3万

按热度

罗隐

@温璋大人 按照我朝律法，错杀婢女罪不至死，还请大人三思啊！

58

吃瓜群众姓凌名悦

其实这样也好，姑娘已是一心求死，让她就此解脱吧。

58

吃瓜群众姓凌名悦

李亿出来挨打！

58

路人丙

诚然，男人这个东西，是不可信的。

58

点此加载剩余评论

选手资料卡

yuxuanji

鱼玄机，晚唐诗人，本名为鱼幼薇，字蕙兰。自小聪慧机敏，有才思，好读书，而且做得一手好诗，才女之名在读书人中传播甚广。鱼玄机与李冶、薛涛、刘采春并称“唐代四大女诗人”，她的诗作现存五十首，收录在《全唐诗》里。

鱼玄机的第一个老师是当朝著名诗人温庭筠，温庭筠教授年幼的鱼玄机诗文，日日相处中，情窦初开的鱼玄机借诗文表露心意，得到的却是温的逃避与拒绝，两人后来逐渐成为知己。鱼玄机经温庭筠介绍，在十四岁的时候了认识李亿，而后被李亿纳为妾室，但因为不被李的正妻所容，被送入长安咸宜观出家为女道士，改名鱼玄机。

鱼玄机做了女道士之后依然与温庭筠保持着联系，时常书信往来，诗词相和。也许年少时期的感情才是最念念不忘的。鱼玄机是一个高傲的人，被喜欢的人拒绝，被丈夫抛弃，她都不会自怨自艾，而是活出了自己的精彩人生。在她的世界里，女人并不是依附男人而生的。她在道观里宴请文人墨客，接待士族高官，与谈得来的人喝酒、吟诗，潇洒快活。过去的生活是一份珍贵的回忆，但是不再值得留恋。

后来鱼玄机因为打死婢女一事被定罪处死，那时她二十七岁。

GONG SUN DANIANG

公孙大娘

看第一剑舞是种怎样的体验？

文/纤纤月

大唐知乎娱乐版：

圈子　公孙大娘　舞蹈

众所周知，公孙大娘的舞蹈是力量与美感的结合体。知友们看过她的表演吗？看完后是什么感觉呀？期待大家的回答！

8579 关注　66 评论　432 万浏览　好问题 366　回答 183

邀请回答　写回答　关注问题

公孙大娘·圈子

欢迎喜欢公孙大娘的宝贝们来圈……

李隆基 大唐集团董事长、知名文艺评论家

▲3258 个赞同 ▼ 66 评论 23 万浏览

谢邀 @李龟年。

作为大唐集团首席艺术品鉴师，朕对诗文琴棋书画舞等领域皆有浓厚兴趣。朕可以很负责任地说，李白的诗歌、裴旻的剑舞，还有张旭的草书是当代“三绝”。我们大唐集团人才济济，无数艺人在舞台展现风采，朕可以一口气说上三天三夜。

为了汇聚天下有才之人，朕特意设立梨园广纳艺人，并偶尔在他们弹错音调时指正，世称这些演员为“皇帝梨园弟子”。

回到题目，我们先来聊聊公孙氏的剑舞。公孙氏是个韧劲十足的好艺人，每次朕去戏楼附近散步，总能看到她一边哼唱舞曲调子，一边拿根树枝练习。她的动作迅疾如风，如行云流水般一气呵成。

有一次，朕闲来无事，驻足一旁默默观看公孙氏练舞，但她却对御驾一行人的存在浑然不觉，一招一式皆是一板一眼，一动一静丝毫不打折扣。等到她一曲舞毕，朕和贵妃从柱子一侧鼓着掌走出，她连忙行礼致意。梨园弟子对待艺术精益求精的态度，实在令朕深感欣慰。后来，公孙氏与李龟年合作完成《浑脱》等曲目的表演，每次演出完台下都是掌声雷动，他俩是梨园艺术行走的名片。

艺术来源于生活，更应该反馈到生活。朕并没有强制艺人们居于宫中，而是让他们到处巡演，将盛世文化在五湖四海传扬。

为艺术点赞！为大唐喝彩！

评论：

杨玉环：为陛下点赞。在您的关怀与指导下，艺人们全力以赴地钻研练习，我们大唐文艺定能更上一层楼。

李隆基（作者）回复杨玉环：大唐文艺能有今日的辉煌成就，贵妃也是功不可没呀①！为大唐文艺更加灿烂的明天，干杯！

① 《明皇杂录》记载，安禄山献白玉箫管数百事，陈于梨园，诸公主及虢国以下，竞为贵妃弟子。时公孙大娘能为《邻里曲》及《裴将军满堂势》《西河剑器》《浑脱》舞，妍妙皆冠绝于时。

李龟年：感谢陛下和贵妃的支持，我们一定再接再厉，继续创作更多作品！梨园现在又有了新的创意，等您赏光莅临。

杜甫 诗歌话题优秀回答者

▲2731 个赞同 ▼ 8 评论 20 万浏览

开元五年时郾城的那场精彩绝伦的舞蹈表演，令我终生难忘，难忘佳人在舞台上游刃有余的自信，难忘佳人迅疾如风的动作，难忘佳人优雅谢幕的姿态。一位英姿飒爽的佳人舞动锋利剑器，山河为之颤动，天地为之变色。我从雷鸣般的掌声和叫好声中，依稀分辨出一个响亮的名字——公孙大娘。大娘，在我们唐朝不是对年长妇女的尊称，而是指在家里女儿中排行老大的那一位。

那时的我年幼懵懂，无法用文字描摹出她美妙动人的舞姿，但我清晰记得每一帧画面，多年后仍然能一五一十地复述出来。如果让如今的我用一个词语去形容当年的公孙大娘，我会不假思索地说出“盛唐气魄”这四个字。

每日坚持学书习字的我深知，台上的完美意味着台下的刻苦。我完全能够想象得出，公孙大娘需要付出多少汗水才能在舞台上焕发如此耀眼夺目的光彩。

演出结束后，我和小伙伴们径直向着后台狂奔而去，看演员们围坐攀谈、拾掇道具。公孙大娘一改舞台上凌厉的样子，温柔体贴如邻家姊姊一般，还抓了一大把糖笑眯眯地分给淘气的我们，然后轻声细语地询问我们看表演时的感受。

被当作大人对待的我们在心底偷偷雀跃，和趾高气扬的斗鸡一模一样，表面上却故作成熟，吹毛求疵。言不由衷的孩子们肯定会被一眼看穿，但公孙姊姊还是耐心地俯身倾听我们说话，让孩子们的虚荣心得到极大的满足。

多年以后，我和幼时的玩伴们四散天涯，偶尔回想起豪爽却又不失温和的公孙氏。安史之乱让我大唐盛世不再，我常常呆坐在杂草丛生的田垄上，独自回想前半生的经历。雕梁画栋已是断壁残垣，国泰民安变成兵荒马乱，日日最忆当年事，何时重返盛唐时？

大历二年的某一天，夔府的孩子手舞足蹈地奔走相告，说有文艺大腕儿过来演出。我很久没有听到这样欢快的声音，于是拄着拐杖跟随孩子们去凑热闹。

舞台上一位女子拔剑出鞘，举止生风，气势磅礴，瞬间让五十六岁的我梦回五十年前看公孙大娘舞蹈。公孙大娘手中凛凛的剑光呼啸着，仿佛后羿射落九个太阳后天空滑落的光芒；公孙大娘跃动着的矫捷身影，仿佛天帝驾着神龙翱翔。她开场时的剑势像雷霆震撼天地般壮丽，收场的姿态似波光凝聚江海般宁静，让人沉浸在舞蹈带来的震撼中久久无法自拔。

两位女子舞动的身影渐渐重合……想起大唐的这些年，沧海桑田，山河巨变，我不由自主地流下眼泪。

一曲起，一曲终，行客思绪复西东。五十年间似反掌，安得昔日少年游？

演出结束后，我与那位演员交谈后方知，她竟是公孙大娘的弟子，艺名唤作李十二娘。谈起公孙大娘的时候，她温柔轻抚着手中的剑器，眼底却是无尽的哀伤。

繁华后散场，最是怅惘。

评论：

郑嵎[①]**：**公孙氏的剑舞是开元盛世的符号之一，我觉得甚至可以代表兼容并包的大唐！我真想回到那个繁荣强盛的时代啊，却是无可奈何，只能借酒浇愁，唉。

司空图[②]**：**公孙大娘开辟了一片舞蹈的新天地，一出场就用凌厉的舞姿震撼全场，让多少女孩子爱上了上阵杀敌时穿的军装，然而在潼关那场败仗后物是人非了，真是令人扼腕叹息。呜呼哀哉！

① 郑嵎，唐代诗人，著有七言诗《津阳门诗》，“都卢寻橦诚龌龊，公孙剑伎方神奇”。

② 司空图，唐代文学家，著有七言绝句《剑器》，“楼下公孙昔擅场，空教女子爱军装。潼关一败胡儿喜，簇马骊山看御汤”。

李龟年 原创音乐人

▲2186 个赞同 ▼ 2 评论 30 万浏览

恰巧刷到这个问题，那我就想在这里夸夸我的默契拍档公孙大娘了。

在一场精彩绝伦的演出中，舞蹈和音乐相辅相成，缺一不可。好的搭档是相互成就的，如果少了其中之一，舞台效果都要大打折扣。台上一分钟，台下十年功。我们把每次彩排都当作现场，丝毫不懈怠地去重复演练。

冬练三九，夏练三伏。公孙大娘十分敬业，夏天一身戎装捂得严严实实，脑门上全是细密的汗珠；冬天一身单衣仍然昂首挺胸，呼吸时带着一阵阵冰冷的水雾。我与她相识的这些年，她的身姿永远像苍劲的翠竹般挺拔，即使再累也不弯下脊梁。

公孙大娘秀外慧中，是当之无愧的舞蹈艺术学神级人物。随着我们合作的次数增多，她对音乐的理解逐渐深入，后期她更是将深沉的情感完美融进舞蹈之中。

作为音乐人和舞蹈家，我们每一次交流都能碰撞出灵感的火花。我们几位同事常常因聊得畅快而忘记去吃饭，最初还有弟子前来轻声提醒，后来弟子们直接将食盒放在我们身边，只待最后来收拾碗筷。

无论表演地点是殿堂还是乡野，我们都会一遍遍核对演奏曲目和演出顺序，以确保表演时万无一失。观众的掌声对我们而言就是最好的鼓励。如果当时有最佳艺人的评选，公孙大娘一定会位居榜首。

对待盛赞她却很谦虚，时常微笑表示团队里的每一个人都功不可没。公孙大娘常常热情地返场表演，有弟子劝说注意休息，不必每次都如此，她却坚定地摇头——令观众满意，令自己心安，是我们一生毕生所追求的。

有人说，舞蹈演员是吃青春饭的职业，但我不这样认为。公孙大娘作为杰出的舞蹈家，年轻时在舞台上表演，像花朵一样绽放；年长后转向后台教学，像蜡烛一样燃烧，她的舞蹈生涯是大唐艺术长卷里浓墨重彩的一章。

桃李满园传芬芳，我和公孙大娘一样，看到艺术界的新生力量崛起时是欣慰的，是满足的，是期待的。

日子本应如静水流深似的悠闲惬意，但一场战乱打破了长安城里美满的生活。可恨的叛军到处杀烧掳掠，公孙大娘因此不幸辞世，我们永远失去了这位好演员、好搭档、好老师。

命运多舛，生逢乱世，我辈并无多少安身立命之本。日子挨过一日算一日，背井离乡的人已经无家可归，我们经常吃了上顿没下顿。回忆往昔在梨园的畅快日子，恍然隔世。

我多么希望战乱只是一场噩梦，梦醒时我们又回到安乐祥和的梨园，大家一起弹琴、唱歌、舞剑，可惜天不遂人愿。

花开花落，世事无常，每每想起公孙大娘那自由洒脱的舞姿，我都不由泪流满面。愿战火早日平息，大唐重返繁华。

评论：

杜甫[①]**：**我当年在岐王和崔九的府邸欣赏过您的音乐，长安一别就是多年，如今在江南重逢。岁月实在不饶人。

李龟年（作者）回复杜甫：他乡遇故知，相见泪千行。昔日我们还是意气风发的少年，如今却是白发苍颜的老朽。很多故人永远留在战乱时的长安了，唉……

裴旻 金吾将军

▲ 2430 个赞同 ▼ 2 评论 60 万浏览

我是金吾将军裴旻，负责京城昼夜的巡检工作。军人的剑舞是日常训练时的调剂，没承想却深受陛下赏识，实属在下的荣幸。剑舞《裴将军满堂势》虽以我命名，其内容却与我的剑舞大相径庭。

我不过一介武夫，只知上阵杀敌。经历过刀光剑影、箭矢如雨的战争，我的意志如同在烈火中淬炼过的宝剑。我将豪迈洒脱的心情，不畏强敌的决心融

① 杜甫，唐代著名诗人，著有《江南逢李龟年》，“岐王宅里寻常见，崔九堂前几度闻。正是江南好风景，落花时节又逢君”。

入到舞剑中，这是充斥着战争残酷和冰冷的舞动，是一个勇猛威武的军人的“舞蹈”。

《裴将军满堂势》据说就是根据我的舞剑动作改编的舞蹈，对此我深表荣幸。

长安城内最精通《裴将军满堂势》舞蹈的，是一名叫公孙大娘的年轻女子，初闻此消息的我十分震惊又深感佩服。因为“满堂势”是大场面的舞蹈表演，需要耐力极佳的舞蹈者满堂飞舞，不仅是对表演者的技巧有超高的要求，对表演者的体力更是一个巨大的考验。

我有幸欣赏过公孙大娘的舞蹈，那表演的极强感染力果真名不虚传。她演绎的舞蹈融合了实战的剑术招式与传统的舞蹈技术，再加上她独家创作的衔接动作，整个舞蹈有一种磅礴气势，在当世剑舞中实属难得。

她的双手布满层层厚茧，她的双眼透出道道凌厉的光，公孙大娘真不愧一代巾帼英雄。我不由得想，若是公孙氏奔赴前线战场，也定是建功立业的出色将士。

舞蹈演出结束后，公孙氏特意拦住我，说想向我请教剑舞的相关技巧。我不敢当“赐教”二字，只是与她谈了一些练习的心得体会。她认认真真倾听，时不时点头附和，偶尔与我交流。我极为认同公孙氏的观点——剑舞的真正意义在于强健体魄，吸引男女老少广泛参与到这风靡一时的剑舞中，这项运动将具有更大的体育锻炼价值，百姓、国家才会更加强大。

公孙大娘真乃有识之士也！

正因为有很多如公孙大娘一样的艺术家在文化的道路上上下求索，孜孜不倦，我们才能拥有辉煌灿烂的大唐文化！

评论：

颜真卿[1]： 裴将军带头冲锋陷阵，威震四海之内，有一夫当关，万夫莫开之勇，实乃我等楷模。

① 颜真卿，唐代著名书法家，著有《赠裴将军》，诗云裴将军“大君制六合，猛将清九垓。战马若龙虎，腾陵何壮哉。将军临北荒，烜赫耀英材。剑舞跃游电，随风萦且回。登高望天山，白雪正崔嵬。入阵破骄虏，威声雄震雷。一射百马倒，再射万夫开。匈奴不敢敌，相呼归去来。功成报天子，可以画麟台。”

将军的剑舞更是独树一帜，像迂回而往复的狂风，像熠熠而游离的闪电，仿佛把观者带入瞬息万变的战场。看公孙大娘表演由您的剑舞演化而来的《裴将军满堂势》，更是一种极致的美的享受。我已经下定了决心，从今日起也要好好练剑。

裴旻（作者）回复颜真卿：阁下的书法气势雍容庄重，笔力雄健壮阔，我从其中也得到很多练剑的启发。相信您将书法、文章的所得融于剑舞之中，定能有更大的收获。公孙氏的确是杰出的剑舞演员，我也常常观摩其表演并思考。

吴道子 绘画话题优秀回答者

▲1999 个赞同 ▼ 1 评论 20 万浏览

我虽然是画画的，但剑舞中飞剑入鞘的动作给我带来了无限的灵感。绘画和音乐、舞蹈一样，都有着自身独特的节奏，每根线条都是传神跃动着的，充满韵律美感的。

有一次，裴旻将军邀请我去作画，但是我却无从落笔。看过他精彩绝伦的剑舞后，我思如泉涌，一长幅壁画挥毫而就，竟完成了我平生的得意之作[①]。

后来我又看了公孙大娘的表演，也是令我脑海中迸发无数的灵感。两人的剑舞风格截然不同，但他们舞动的姿态都令人难以忘怀。

我愿用最简约的笔触，去描绘最精彩的艺术。

评论：

郑思肖[②]：虽未曾亲眼见过前辈们舞剑的图景，但我在脑海中一遍遍想象过那灵动俊逸的舞姿。衣袂翩飞，抬手风起，落剑风止，花影纷纷。万里无云的

① 《独异志》：开元中，将军裴旻居母丧，诣道子于东都天宫寺图神鬼数壁，以资冥助。答曰：废画已久，若将军有意，为吾缠结舞剑一曲，庶因猛励，获通幽冥。旻于是脱去衰服，若常时妆饰，走马如飞，左旋右抽，掷剑入云，高数十丈，若电光下射，旻引手执鞘承之，剑透空而下。观者数千人，无不悚栗。道子于是援毫图壁，俄顷之际，魔魅化出，飒然风起，为天下之壮观。道子平生所画，得意无出于是。

② 郑思肖，宋末诗人、画家，尤擅画兰，著有《公孙大娘舞剑图》，“织手生风搅昼寒，好花翻影艳清欢。试看不犯锋铓处，舞碎晴空雪一团”。

春日晴空之下，细细碎碎的花瓣如鹅毛大雪般散落。舞剑人轻轻收回宝剑，郑重鞠躬行礼，这盛景真是令人无比向往。

李十二娘 舞蹈家公孙大娘亲传弟子

▲2245 个赞同 ▼ 2 评论 40 万浏览

公孙大娘是我敬爱的老师，她手把手带领我和姐妹们学习剑舞，把我们教导成合格的舞蹈演员。师恩如山，师恩似海。

我们从很小的年纪就开始练舞，每日都是早出晚归，不避严寒不避酷暑。这种日子是很苦的，有的孩子会偷偷躲在被窝里抹眼泪，公孙老师发现后便会轻声细语地劝慰，激励我们好好练习。后来我们渐有长进，打好了基本功，她就会因材施教，为我们量身定制最适合的舞蹈动作。

到了青春期发育时，我们常常为了保持身材而不敢多吃饭。细心体贴的公孙老师会特地为我们下厨，做营养丰盛、热量较低的大餐，让我们一群馋猫能够大饱口福。公孙老师不只是我们尊敬的师长，还是我们亲爱的母亲和姊姊。

学成之后，我们必须独自登上舞台，去一次又一次的实战中琢磨自己的舞蹈风格。这也是公孙老师对我们的要求，她希望我们每一个人都是独一无二的。

没有公孙老师，就没有我们一众弟子的今日。桃李满天下，四海传芬芳，她是我们所有人的榜样。

如今我学成登台，已经是能够独当一面的表演者，我也会像恩师一样，为大唐舞蹈事业贡献自己全部的光和热。

评论：

杜甫：您和您的老师都是优秀的艺术工作者，我谨以《观公孙大娘弟子舞剑器行》向诸位艺术家致敬！

李十二娘（作者）回复杜甫：感谢诗圣夸赞，我等继承先师遗志，定一生砥砺前行。

张旭 饮中八仙之一

▲1767 个赞同 ▼ 1 评论 16 万浏览

我爱饮酒，亦爱书法，必须得狂饮美酒，才能够草书泼墨，因此世人谓我“张颠”。我向来不惧流俗，也不与之争辩。疯癫之中可见真意，我从生活点滴中习得书法，算是自成一家①。

犹记某日饮酒正是酣畅时，一位身着紧身珠光舞衣的女子，在舞台上单手挥舞宝剑，潇洒如风，气势如游龙。我当时观之灵感迸发，提起如椽巨笔便肆意挥洒，到淋漓时更是脱去幞头，只跟着节奏尽情创作，一曲终了而书作成。快哉，快哉！

酒醒后才听闻舞剑的女子便是公孙大娘。我甚是感激这位技艺高超的舞者，我的狂草因其剑舞而大有长进。幸甚至哉！

艺术之间实为通感，我常因欣赏其他人的才能而有灵光乍现，相信诸位同行亦是如此。

评论：

韦骧②：前辈所言甚是。您的笔法奇伟怪丽，千年之后仍是书法界的标杆。您从生活中汲取灵感，也给后人指出了一条学习书法的路径。向您致敬。

怀素 狂草爱好者

▲1823 个赞同 ▼ 8 评论 20 万浏览

草书一字诀即是“狂”，其讲求道法自然、浑然天成。执笔者追逐本心便能与书法结下不解之缘。

提笔惊天地，落笔泣鬼神，笔势如疾风骤雨般瞬息万变。狂草不师古、不仿古，心在何处，笔在何处。

①《唐书·张旭传》：旭自言，始见公主担夫争道，又闻鼓吹而得笔法意，观倡公孙舞《剑器》，得其神。

② 韦骧，宋代文学家，著有文集十八卷，赋二十卷，均收录在《宋史艺文志》中并传于世。

我曾与邬彤兄弟[①]、颜真卿太师畅谈凌冬枯木之苍劲，又说到张旭长史观“孤蓬、惊沙、公孙大娘剑器舞”得书法灵感[②]，我恍然大悟，亦观夏云奇峰、飞鸟出林、惊蛇入草得自己的“道”。

说起公孙大娘的剑舞，我也曾见过的，其剑舞确实气势恢宏，在人世间甚为罕见。回想起当初看罢演出时内心深处的震撼，如今的我依旧深受影响[③]。

但是就我个人成长而言，我更多的还是从广袤无垠的自然界中发现笔法之意。一花一草、一石一木，皆有灵性。夏日里山顶上那自由来去的云，飘飘乎忽东忽西，悠悠兮向南向北，没有固定的纹理和痕迹，这才是我最向往的状态。由于家中赤贫，我也不怎么用笔墨纸砚来练习，芭蕉叶是学字绝佳的材料，取之不尽、用之不竭，在自然中来去让我怡然自得。

张旭长史学习公孙大娘剑舞之势虽好，但非吾心之所向。草书书何也？吾之本心耳。

评论：

李白：怀素兄的笔法实在玄妙，可谓独步天下、世间无敌，不必再从剑舞中学习了[④]！

怀素（作者）回复李白：太白兄言重了，你我可谓高山流水遇知音，世人之见不必令我等劳心劳神。我独愿书尽本心，如是而已。

① 邬彤，唐代著名书法家，与怀素是表兄弟。邬彤学书于狂草书家张旭，后又将草书秘诀传授于怀素。

② 陆羽《僧怀素传》中记载，张长史观孤蓬、惊沙之外，见公孙大娘剑器舞，始得低昂回翔之状。

③《乐府杂录》记载，开元中，有公孙大娘善舞剑器，僧怀素见之，草书遂长，盖准其顿挫之势也。

④ 李白著《草书歌行》，“古来万事贵天生，何必要公孙大娘浑脱舞”。

选手资料卡

公孙大娘，唐朝著名舞者，被称为唐朝开元盛世第一舞人。公孙大娘最擅长的舞蹈是剑舞，手握剑器，舞姿宛若惊鸿，一舞名动天下。公孙大娘大概是天赋型选手，她不仅继承传统剑舞，将其发扬光大，更创造了多种剑器舞，如《西河剑器》《剑器浑脱》，每一种都惊艳世人，为大家所推崇。

公孙大娘的剑器舞不仅愉悦了观众，更是影响了草圣张旭、诗圣杜甫、画圣吴道子的精神世界，美妙的剑舞让三位大拿在各自的领域都有了一些感悟，也算是在一定程度上为他们增添了助力。

如此美妙的剑舞，只可惜如今我们无缘得见真容，只能对着记载想象了。

唐朝穿搭，
浪漫春日，叠穿正当时

时尚编辑 //顾闪闪　　画师 //米朱弗玄　　模特 //太平公主

太平公主，生于东都洛阳，是大唐两位皇帝最宠爱的小女儿，为什么是两位皇帝的女儿呢，因为她的爸爸是唐高宗李治，妈妈是女皇武则天，父母都是皇帝。政治上，她权倾朝野，不让须眉，武则天常常夸赞她“类我”；时尚界，她亦是独树一帜，打破了世人对“女性美”的定义，开启了女扮男装的先河。

宫宴之上，她紫袍玉带，着折上巾，做英气武官打扮，翩翩歌舞，后来她的穿衣风格迅速风靡大唐。比起她的母亲武则天，在唐人心目中，太平公主更像一颗娇贵美貌的掌上明珠，潇洒肆意之余，更添了几分惹人喜爱的小女儿情态。

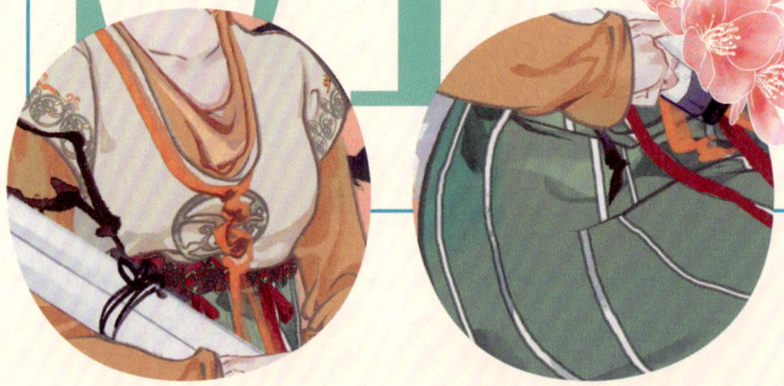

那么除了男装之外，太平公主还会带给我们怎样惊喜的搭配呢？今天就让我们跟她一起，走入大唐的明媚春光。

全身搭配

帷帽×坦领半臂间色裙

比起厚重的粉感，太平公主更追求由内而外的自然白皙，她告诉我们:“防晒是必不可少的。”

让肌肤远离沙尘和阳光，是每个长安女孩早春时节必做的功课。武周时期，宫中已广泛研制各类草本药妆护肤品，如女皇常用的“神仙玉女粉”及常敷的面脂等，都有细腻皮肤的功效。然而因挑选不当而使用不正确不健康的粉膏的话，依旧会给容颜带来不可逆的伤害。考虑到这一点，太平公主日常更愿意使用物理防晒的方式，来减少外界环境给皮肤带来的侵蚀和伤害。帷帽，已成了公主出街的标配，“帷帽一戴，谁都不爱”。帷帽也在无形中提升了公主的格调，为充斥着热情开放气息的大唐街头，增添了几分匆匆而过的神秘气息。

帷帽

·风沙阳光统统out!

帷帽的前身非常“洋气”，起源于西域地区，原本是用于遮盖容颜、抵挡风沙，长长的黑色纱罗拖曳身前，名曰“幂篱”。传入中原后，爱美的大唐女孩子将遮面的轻纱越裁越短，轻纱及至肩颈，便成了武周时期最流行的帷帽。

帷帽最宜春日佩戴，素手搴幂，柔纤明春荑。试想，分花拂柳的同时，帷帽的轻纱自眼前飘然而过，谁会不心动呢？

坦领半臂间色裙

·叠穿时髦有格调

提到“春色”，就不由得会想到繁花似锦的缤纷景象，坦领半臂下衬窄袖上衣，搭配间色裙和亮色腰带，太平公主这一身穿搭，便好似将春日的万种风情穿在了身上。

露出颈间雪肤和锁骨的坦领设计略显大胆，但在太平公主生活的时代，却是再寻常不过。与之相对的，是在两臂处收紧的小袖衣，张弛有度的剪裁，将体态修饰得更显轻盈。

身为大唐秀场的常客，怎么能没有一条彰显品位的间色裙呢？与普通长裙相比，间色裙选用两种或两种以上不同颜色的布条制成，撞色、拼接无一不是亮眼的小心机，裙摆飞旋之间，最能体现出设计者高妙的创意。

这种长裙最早出现于魏晋南北朝，又流行于隋唐，隋炀帝就曾亲自设计“十二破仙裙”，十二破，即将裙身划分为十二道，宫人穿上这种特制长裙后，迎风而立，飘飘若飞仙。间色裙实在是一件不能错过的时尚单品。

或许有人会好奇，将这么多颜色的单品叠穿上身，会不会给人眼花缭乱之感，对此，太平公主耐心地向我们介绍道：“大唐的染织技术已经十分高超，发展出夹缬、绞缬、蜡缬等多种印染方式，更细化出各种浓淡不同的染料色彩，光是黄色就分为鹅黄、地黄、姜黄、柘黄、槐黄等数十种，这为服装配色提供了更多可能。在这种条件下，只要注意色彩平衡与流行趋势，以唐人的审美造诣，便不难搭出所谓的‘高级配色’。”

CHAPTER THREE

MENG HUA

宋都梦话

大宋天水传媒有限公司

选送公司

大宋天水传媒有限公司，取自大宋王朝的代称“天水一朝”，宋史有云：“天水，国之望也。”直接用“国望”做名字，展现无尽的大气与繁盛。天水公司的艺人德才兼备，见识匪浅，此番参赛，来势汹汹。

Hua

第三章

福康公主
FU KANG
粉丝团
蔷薇
应援色
鹅黄
才 艺
富贵
点击喜爱
宣言
我是大宋最尊贵的公主，
即使嫁人了也是。
Pick Me

汴梁城在逃公主

福康公主

文/顾闪闪

“姑姑，朕来看看您……”我隐隐约约听到这句话，是一个成年男子的声音。

这时一双手自门外伸进来，刺眼的阳光晃得我看不清来人的面容。黑暗中，我试着去抓那双手，滑嫩嫩如水葱一般，是美人的柔荑。

呀，是张贵妃[①]。

是了，是我被爹爹关禁闭太久昏了头。我哪里有那么大的侄子？我的侄儿他小小的，尚在襁褓，脖子上挂着镶嵌美玉的长命锁，我一逗他就笑，露出两颗新长出的小乳牙，就像寻常人家的奶娃娃一样。

“张贵妃，你求求爹爹，快放我出去！再不去就赶不及汴梁城的灯会啦！”

张贵妃在桌旁坐下来。她既不是我的生母，又不是我的孃孃，按理说本不必来看我，我也不该求她，可上元灯会就要开始了，我便也顾不得许多。爹爹那么喜欢张贵妃，她在御前总是说得上话的。

① 张贵妃，宋仁宗温成皇后，生安寿公主、宝和公主、齐国公主，生前得宋仁宗专宠，礼逾皇后。皇佑六年去世，仁宗哀悼之，追封皇后，谥号温成。

张贵妃安安静静地望着我，沉默得让人心慌。正当我揣测她会不会帮我说话时，一大颗眼泪从她的眼眶落下来，都没滑过面庞，直直地砸在我面前的桌子上，成为一摊小小的水渍。

“你怎么哭了？爹爹也骂你了吗？”

我有些着急了，美人落泪总归是令人心碎的。在这深宫之中，尊贵如我与她，能让我们落泪的除了爹爹还能有谁呢？爹爹是位极仁善英明的君主，很少凶人，所以一旦发起怒来，便格外令人害怕，我就被吓哭过，想必张贵妃也是这样。

“福康公主。”她开口，“你知道吗？我一直希望能有个可爱的女儿，就像你一样。我会给她穿最漂亮的衣裳，梳最娇俏的发髻，如珍似宝地养育她，直到她出嫁。只可惜……”

原来如此，看到我让她想起伤心事了，张贵妃一共生下过三个帝女，但我那三妹妹四妹妹去得早，好不容易有了八妹妹幼悟，也没能活过三岁。那之后，张贵妃的身子便不太好了，总是生病，平日盛装出席的祭典也再见不到她的人影，可今日看她的神采，竟像好了许多。

“可惜什么？”

她摇摇头：“如今我竟庆幸，她们没来得及走到那一步。你知道吗？我这辈子最庆幸的事，便是嫁与官家，他是个那样好的人，温和、善良、持重，却因为爱我，做了许多打破陈规的事，他与古往今来所有冷冰冰的君王都不一样……”

“可唯独对你，他怎能如此狠心？”她的手慢慢抚过我的脸颊，冰冷无温度，却分外轻柔。

“来生……来生我还要来见他。”她摇摇头，含泪的眼眸分外澄澈，“可是公主你……下辈子别再来啦，去哪都好，只是别再回来了！”

话音落时，她将我轻轻地一推，我就跟长了翅膀似的，轻盈地越出了那扇关我许久的门。我提起长长的裙子，发足奔跑起来，钗环在我耳边叮铮摇撞，我的整颗心也跟着跃动起来。

夜已深了，西华门是断然不能走的，不知为何，这个规矩如楔子般死死钉在了我的心头。在宫墙下徘徊了半晌，忽然间，我听见墙外草丛间传来了蛐蛐的叫声。

于是乎，我脸上的笑容便再也藏不住了。

我挽起袖子，手脚并用地爬上墙边茂盛的大树，又顺着弯曲的枝干，攀上了宫墙的墙头。这墙高得吓人，树枝也晃晃悠悠，我不敢向下看，将双眼一闭，径直向墙的另一边坠下去，而后坠进了一个温暖的怀抱里。

是怀吉，我就知道他已经来了。从小到大，不论我从多高的地方跌下来，怀吉总能接住我。

怀吉将我放下来，摸着心口道："公主，您吓坏我了。"

怀吉他是我宫中的内侍，也是我在这世上最好的朋友。我知道他又要讲那些大道理，便故意不理他，四面张望着问："车马都准备好了吗？"

怀吉点点头，引我去一出偏僻的角落，在那里我披上氅衣，钻进了一辆小小的马车里。为图隐蔽，车厢又暗又闭仄，只能容下我和怀吉两个人，但我却觉得安稳极了，甚至想永远留在此处，再也不出去。

可这怎么成？我摇摇头把这个莫名其妙的念头挥去，我还要去看最漂亮的花灯呢！

不知道怀吉是用了什么法子，这一路上通行无阻，顺利得不可思议。出了宫城，我松了口气，渐渐地也敢掀开帘子放风。今天晚上可真热闹，来来往往的宝马雕车中，都是盛装打扮的大家闺秀，她们以团扇掩面，下车后每走一步，都有家仆用丝绸在周遭撑起幔帐，以防窥看，可越是这样，我越是想瞧瞧她们到底是什么模样。

怀吉依旧那样唠唠叨叨，嘱咐我出宫之后事事小心，切不可与他走散。又与我讲汴梁城的灯会有多么热闹好玩，五光十色的彩灯比天上的星河还要灿烂，点缀在大街小巷，楼上楼下笙歌处处，御街两边架设有高高的灯山，灯山上挂着白象灯、佛塔灯、罗帛灯、屏风灯，更有文殊普贤菩萨灯，会动的皮影灯……

我听得昏昏欲睡，忽又想到了什么，抓住怀吉的衣袖道："别去洛阳了好吗？你每次都要离开好久，我自己一个人孤零零的，连个说话的人都没有。"我不记得他一个内官为什么要去西京洛阳那么远的地方，只记得他去后的无边苦闷，萦绕不散，像是纠缠了我许多年。

怀吉沉默许久，抬头冲我微笑道："好。"

不知马车又行了多久，忽听前头一阵喧哗，而后便是车夫勒马避让的声音。怀吉让我勿动，他掀开车帘看了两眼，而后低声告诉我："公主，前面是在接亲呢。"

接亲？怎么会有人选在天寒地冻的上元节接亲？况且现在早过了黄昏时分，莫非是新妇梳妆太过磨蹭，误了吉时？我好奇得不得了，非央着怀吉一同下车去看。我们站在围观的人群后方，待我踮起脚，看清了骑着高头大马的男子的模样，却当场傻了眼。

那个新郎官……不是李玮吗？

我与李玮从小就相识。他是爹爹的亲生母亲、我亲奶奶章懿太后的亲侄子。因先帝刘皇后无子，爹爹从小便被抱养给中宫，与生身母亲李宸妃分离，后来爹爹登基做了皇帝，得知了真相，心中万分愧疚，但当时我的亲奶奶早已过身，爹爹便把这份弥补之情寄托在了这个生长在市井的表弟身上，有什么好吃的好玩的都赐给他，还常常召他入宫，让他和宫里的孩子们一起玩。

对于这个便宜表叔，起初我也不甚讨厌他，只觉得这人实在生得平庸，让人记不住相貌。但日子久了，人的本性就会露出来，我开始厌恶他看向我的神情，甚至厌恶他向我施礼下拜的模样，他的脸上总是挂着谄媚，就像是计算着这次能从宫中捧回什么，面对我们一家人时，他的腰塌下去，屁股撅得那样高。

何必非要如此呢？做一个清风霁月般的臣子难道不好吗？

待走出宫门，他便立刻换了模样，呼朋唤友，挥金如土，头仰得那样高。他走在汴梁子弟中间，即使饱受吹捧，骨子里却透着深深的自卑。怀吉是个宦官，身份远比不上李玮，甚至比不上一个最最普通的百姓，可他一点也不自卑，人也和和气气的。

所以我才喜欢怀吉，不喜欢李玮，就是这么简单的道理。

可爹爹不明白。他是天下称颂的圣君，可他什么都不明白，他不明白李玮憨厚笨拙之下的粗鄙伪善，不明白一旦不再受这份桎梏，他的獠牙和利爪就会伸出来，甚至变本加厉。

我想起往日种种，心里咯噔一声，开始可怜起那个新娘子。

“花轿里是谁家的姑娘？”我随口打听道。

“可不得了！是宫中的兖国公主出降[①]了。”有人回答。

“兖国公主？”宫中什么时候多了这样一位公主，我看向怀吉，他也摇摇头，眼中带着迷茫。我想，八成是哪位宗室女，爹爹总不会忍心将亲生女儿嫁给这样一个庸才，如果这样想的话，一切也就解释得通了。

我们被人群簇拥着，一路跟到了公主府的门前。抬眼望去，我不禁暗叹，好气派的府邸，给李玮这样的人住进去，真是暴殄天物。

李玮翻身下马，我赶忙遮住脸，以防他发现我，却从指缝中偷偷觑着那新娘子的模样。新娘子被李玮搀扶着下了轿，团扇掩面，也掩不住满脸的泪水，她压抑着啜泣，一步一晃，竟像随时要体力不支而倒下一样。

忽然，一阵狂风吹过，顿时天昏地暗，人乱马嘶，那兖国公主手中拿着的扇子也脱手而去，我被怀吉紧紧拽着，仓促间，我抬头看见了那兖国公主的真容，忍不住惊叫一声，昏厥过去。

再醒来时，我已来到了一处陌生的地方，身边不见了怀吉。我站起身，绕过回廊，发觉自己似乎身在方才看到的公主府的内部，但这里萧疏冷落，并不似外面看着那样华丽。我抚过廊柱上的陈旧痕迹，判断这间小院已建了许多年了。

院中小屋轮廓尚在，但遮风挡雨的窗纸已久未修补，破烂不堪了。我听见有人声从屋内传来，连忙快行了两步开门，唤道：“怀吉，是你吗？”

迎接我的是扑面而来的一阵恶臭，我从未见过这样肮脏冰冷的屋室，与其住在其中，还不如去死了倒要体面许多。所幸发出呜咽的人并不是怀吉，我蹲下来，企图从乱发中看清屋中人的面容，她应该还活着，但却能看见小虫子在她衣服和发间乱爬，这场景令人毛骨悚然，我想扶她起来，手却不受控制地开始发抖。

① 出降，指帝王之女出嫁。

"怀吉……"她匍匐在地，口中喃喃道。

起初我以为是有铁链锁着她，凑近了才发现，她是真的站不起来了。

"你也认识怀吉？"我眼中一亮，也顾不得许多了，小心翼翼地将她扶坐起来，她口中犹含混着什么，我却再听不清字句。替她拨开乱发，我吓得后退了两步，差点叫出声——她的脸庞上赫然有一块烙伤的痕迹。如今那烙伤早已溃烂，让人不忍再看，可我还是依稀辨认出了她的身份。

"你是那个……兖国公主？"

或许是被我说的话吓到了，她拼了命地往后蹭，终于退无可退，跌坐在镜台边。

"别怕，我们是亲戚，你看。"我扶她来到破旧的铜镜前，"我们长得是不是有点像？"

她呆坐了许久，终于开口说话。

从她断断续续的叙说中，我大概可以知道，她嫁给李玮后过得很不好，李玮一边利用她的高贵身份敛财求荣，一边却嫌恶她不肯降低身份侍奉婆母，本就不甚喜欢李玮的她与李玮更是相看两厌。李玮那个粗俗不堪的母亲，甚至从窗外偷偷窥视她，这哪里是体面妇人能做出的事，我想想就替她头皮发麻。

终于有天，她忍无可忍，与李玮母亲发生冲突后夜叩宫门，誓要与李玮分道。但换来的，却是朝野上下的批判责骂，那些所谓的"正人君子"骂她不知廉耻，不守妇道，连媳妇要好好侍奉公婆这样的道理都不懂，说她身为公主还怎么做天下女子的表率？

这可真是笑话，根据我朝礼法，公主出降，与婆母同辈，更不必以舅姑之礼侍奉。他李玮一家既享受着作为驸马的无限尊荣，并乐在其中，怎么连这点小小的代价都承受不了？他们只知儿媳服侍婆母是理所应当，却忘了在大宋，臣子事主更是天经地义。他们在责骂这个可怜公主之前，有没有扪心自问过，难道忠不该排在孝之前？

可能是我这辈子尚未吃过什么真正的苦，所以还不能懂得其中的弯弯绕绕。可这些言官身为男儿，满口仁义礼法，又有哪个真正做过人家的媳妇？

"那你怎么又回到这里来了？"

她告诉我，回宫后她求死不成，离婚仅几个月后，就又被重新嫁给李玮，改为岐国公主。后来，她的爹爹没了，现在的皇帝也不管她，任由李玮欺侮她。

正如我之前想的那样，李玮如今没了顾忌，竟全然不念从前蒙受的圣恩，一颗狭隘的心只记得往日的私仇，再度落在他手中的一国公主，日复一日竟被折磨成了这般模样。

“你好像生了很重的病……”我强忍住满心的愤怒和哀痛，拉着她道，“我该怎样才能帮到你？我去求爹爹，他是位圣明的皇帝，只是被李玮蒙蔽了……我去跟他说，让他派医官来，爹爹最喜欢我了，我去求的话他一定会答应！”

她含着眼泪，长长地叹了口气，而后伸出细瘦的手指，指向不远处的柜子，道：“好孩子，我求你……求你帮我写一封信带到宫里。柜子里有一件霞帔，那是同天节①那日，先帝赐给我的，我想上书……上书乞求用它换一位翰林医官过来，来治我的病，还要给李玮那个混账求一件绯石麟章华服，否则他是不会让医官进门的……”

许是受病痛折磨，接下来的话她说得颠三倒四，我也再不忍听，来到柜前，取出包着霞帔的包裹。打开的那一瞬间，望着霞帔上无比熟悉的纹章和珠玉，我忽然感到一阵眩晕，接着便是头痛欲裂。眼前的画面逐渐扭曲，我抱着霞帔，重重地倒在地上。

“公主！”有人在耳边唤我，“公主，您怎么了？”

我缓缓睁眼，怀吉便又在身边了。

“怀吉，我做了一个噩梦。”我坐起身来，温暖的锦被自身上滑落，窗外寒冬已过，春光正好。

“公主不怕，官家和娘娘都在，怀吉也在，没人能伤害公主。”怀吉这样安慰我道。

我想，我是做了一个长长的梦，或许根本就没有什么兖国公主，等梦醒了，

① 同天节，特指宋神宗赵顼生日。

世间的一切都会有个好结局。善良的公主会遇到她的心上人，从此幸福快乐地生活在一起……

后记

嘉祐七年，宋仁宗病重，年仅十四岁的赵仲针[①]随父亲赵宗实[②]一同入京，临行前，赵宗实脸上没有一丝愉悦颜色，只对家里人道："谨守屋舍，待圣上有了皇嗣，我就回来。"

没有人向赵仲针解释此次入京是福还是祸，大人们好像都很明了，却又对此讳莫如深，他牵着父亲的手，走在长长的御道上，不敢言笑，亦不敢流露出半分悲戚。巍巍的宫墙投下巨大的阴影，父亲在西华门外停驻，抬起头，无声地叹了一口气。

就是在这一年，赵仲针第一次见到他的大姑姑沂国公主。关于这位不寻常的长公主，史书抹去了她的名字，却留下了她的诸多封号，譬如一开始的福康公主，出嫁前的兖国公主，离婚后的沂国公主[③]，复婚时的岐国公主，以及临终前的楚国大长公主，去世后的秦国大长公主，周、陈国大长公主，庄孝明懿大长帝姬。这些庄重光鲜的字眼将这个女子的一生反复割破，而又重新塞入框架，是无上尊荣，也是解不开的枷锁。

但彼时的赵仲针并不了解这些，他只是在一个落霞满天的下午，略带拘谨地跟随宫人前去问安，于庭院深处见到了自己的姑姑。她安静地坐在那里，和宫中其他女子不同，既没有梳精美的发式，也没有穿华丽的衣装，她脸色苍白，单薄得就像一张窗纸，仿佛被风一吹，就会消失在这世上一般。

可她明明是官家最宠爱的长公主啊。

① 赵仲针，即宋神宗赵顼，宋英宗赵曙长子，"赵仲针"为出生后宋仁宗所赐之名。
② 赵宗实，宋英宗赵曙原名，宋仁宗赵祯养子。
③ 《资治通鉴》：壬子，兖国公主降封沂国公主，安州观察使李玮为建州观察使，落驸马都尉。自公主入禁中，玮兄璋上言："玮愚矣，不足以承天恩，乞赐离绝。"帝将许之。

宋仁宗中年得女，将其视若掌上明珠，加之福康公主自幼纯孝聪慧，仁宗重病时，福康公主曾赤足散发向天祷告，情愿以身代之。公主四周岁时，辽国曾提议要福康公主和亲，仁宗不允；二十岁时，仁宗更是为她举行了隆重的册封礼，这是宋朝第一次为公主举行册封礼。公主出降后，仁宗更是自出缗钱，为公主建造府邸，破例以皇太子规格的料钱补给公主日用。但再奢华的恩遇，也挽回不了一步行差踏错。不管用怎样冠冕堂皇的理由去粉饰，将福康公主指婚给李玮，从一开始便是场君父为赎己身罪过，枉顾女儿心声的一意孤行。正因如此，最终的悲剧结局也就绝非偶然了。

来之前宫人叮嘱了赵仲针许多，话说得委婉，但大意他还是听得明白——这位长公主如今精神有些失常，且又分外敏感，所以千万不要去刺激她。他会意，见了沂国公主后，只是中规中矩地行礼。

他知道，沂国公主即便疯癫，也依旧是官家血脉，与自己的地位并不相同。自己的父亲赵宗实并非官家之子，只是因为官家无嗣，才自幼被接入宫中充作皇子教养，后来官家有了亲子，便又将父亲送出皇宫，如今官家再度丧子，不得以才将父亲接回，议定继位之事。父亲如今虽贵为皇嗣，却远不及从前自在，他们父子二人也如同砧板上的鱼肉，命运全然不由自主，必须步步谨慎。

沂国公主沉默地看了他一会儿，脸上突然浮现出了柔和的笑意，她开口道："是你来了，你满月的时候我还抱过你呢。那时候你小小的，脖子上挂着镶嵌美玉的长命锁，我一逗你就笑……"

她说到此处，便不再出声，像是陷在了自己的思绪中，宫人趁机拉他离去。回去的路上，赵仲针想了许多，他当然记不起襁褓时姑姑抱他的事，但却难免被对方眼中的爱意所感染，被亲人疼爱的滋味自然是好的，他并不讨厌。相应地，他也开始留心和沂国公主有关的事。

流言蜚语渐渐填满他的耳朵，他知道了仁宗生母与养母的旧事，也明了了仁宗将福康公主下嫁给李玮的缘由，以及公主那些日子的遭遇。

年少的赵仲针尚没有爱过一个人，自然无法想象与厌恶之人成婚的滋味，但他却见过父亲和母亲美满的婚姻[1]。正因如此，对于公主夜闯禁门，不肯回府的事，尽管外界众说纷纭，但少年赵仲针却只觉得姑姑可怜极了。

这天夜里，他被喧哗声吵醒，出门就见沂国公主所居宅院方向火光冲天[2]，问过才知，原是公主纵火烧宅，意图自尽，所幸最终被救下。其实这已经不是她第一次寻死了，投井、自缢，每每都将宫中闹得天翻地覆，因此大家才都说，原本那个温善纯孝的长公主疯了。

昔日公主回宫后，为平群臣之愤，仁宗将与公主最为亲密的内侍梁怀吉逐往西京洛阳的洒扫班[3]，又将公主乳母等一干亲近之人一并赶出宫去。公主这才明白，在外人那里受尽了委屈回家后，等待她的并不是一个可以放声哭泣的怀抱，而是如山一般压下来的指责，连最爱的父亲都不复仁慈。公主每日孤零零地坐在井边，终于心灰意冷，纵身跃下，完成了她这辈子的第一次轻生。

许是这样反复轻生的抗争起了效果，不知什么时候，一个青年的身影开始在宫中出现，内侍告诉赵仲针，他就是怀吉。不出意外，召回怀吉这件事定会遭到司马光、龚鼎臣等外臣的强烈反对，但赵仲针知道，这是祖父能为姑姑做的最后一件事了。

早年亏欠生母，中年连丧三子，晚年最疼爱的女儿婚姻不幸，状若狂易，不知什么时候就会寻死，不仅如此，病入膏肓的宋仁宗还不得不坐上大殿，直面群臣的谏议和指责。他一生宽厚，极尽可能地约束自己，对身边哪怕是最渺小的宫人也心怀怜悯，对天下百姓更是施以仁政，但偌大的宫闱却像一个怪圈，

① 赵宗实与妻子高滔滔自幼相识，青梅竹马，祸福与共，即便日后赵宗实继位，宫中也未纳任何妃嫔，曹太后过问此事，高滔滔只道："奏之娘娘，新妇始得嫁'十三团练'耳，即不曾嫁他官家。"

② 《资治通鉴》记载，怀吉等既坐责，公主恚怼，欲自尽，或纵火欲焚第，以邀帝必召怀吉等还，帝不得已，亦为召之。谏官杨畋、司马光、龚鼎臣等皆谏，帝弗听。然公主意终恶玮，不肯复入中合，状若狂易，欲自尽数矣。

③ 《续资治通鉴》记载，庚申，兖国公主宅都监、入内供奉官梁全一以下九人，并远小处监；入位祗候梁怀吉配西京洒扫班……七年二月癸卯，梁怀吉又勒归前省，不知何时复召入也。

把他的一切都吞噬掉了。赵仲针甚至可以看见，那个怪圈已渐渐爬上自己父亲的脚面，或许有天，连他自己也会跌入其中，成为明堂之上的傀儡，再碰不到寻常人家的幸福。

数月后，宋仁宗病逝，《后山谈丛》记载，是时“天下丧之如亲”“无老幼男女，哭丧以过哀”。驾崩前不久，不知仁宗是想到了什么，或许是害怕去面对未曾尽孝的生母，他忽然下令，进封沂国公主为岐国公主，让其与李玮复婚。

嘉祐八年，更名赵曙的赵宗实继位，是为英宗，赵仲针更名赵顼，封淮阳郡王，三年后，被立为皇太子。令赵顼意外的是，父亲并没有好好对待那位饱受苦难的姑姑，与其说慢待，不如说是无视——对于落在李玮手中的公主，这种无视便足以毁掉她的一切。

他心中有几分愤愤，却不敢抗争，因为他很清楚，自己已不再是被父亲牵着手的赵仲针，而是入主东宫的太子赵顼，他的一言一行都被天下万民审视，作为父亲的儿子之前，他要先当好官家的臣子。

这样一想，一切便也都说得通了。群臣的争议和礼教束缚并未因为仁宗的驾崩而消失，当日那般宠爱福康公主的宋仁宗，面对各方压力也只能选择牺牲公主的幸福，何况宋英宗这位同她异父异母的兄长呢？不仅如此，英宗一旦接回公主，还会担上忤逆先帝遗命的罪名，英宗夙夜忧心朝野臣民，从大局的角度看，无论如何也不值得为一位公主冒这样的风险。

赵顼忘了自己是从什么时候开始，也学会从这样高的地方，去俯视世间的一切。

治平四年正月，宋英宗驾崩，赵顼继位，是为宋神宗。继位后总是有许多事要忙的，宋神宗先是大赦天下，而后派使臣向辽国告哀，尊仁宗的曹皇太后为太皇太后，再后来就是联同王安石变法……作为皇帝的事情永远忙不完，但赵顼内心的某个角落却总惦念着，该去看看大姑姑。

虽则如此，但他面临的仍是与祖父和父亲同样的难题，即便如今身为九五之尊，他也依旧想不出那桩婚姻的解决之法。

晋朝名臣羊祜曾说：“天下不如意，恒十居七八，故有当断不断。”所以这件事一拖再拖，直到熙宁二年五月二十六那天，已为楚国大公主的姑姑上书，乞求用同天节御赐的霞帔为自己换一位治病的医官，和一件男子穿的绯石麟章服[1]。赵顼捧着书信，悲从中来，他忽然觉得自己又变回了那个年少的赵仲针，恭谨地站在那个温柔地对自己笑的长公主面前。他打从心里觉得大姑姑可怜。

终于，赵顼摆驾公主府，去见了长公主最后一面，那也是他们的最后一面。

见面的时候李玮惊恐万状，即便将公主从那个寒冷阴暗的小屋中移出来，给她套上奢华的仪服，也掩盖不住这些年来他对妻子的虐待和摧残。赵顼企图与长公主对话，但对方已经听不到了，过了许久，赵顼听见她在小声嘀咕着什么，凑近细听，竟是断断续续的“帮你去求爹爹”之类的疯话——这是她身体里那个小小的、不知苦难为何物的福康公主，在拼尽全力搭救如今蒙难的自己。

熙宁三年，楚国大长公主薨，年三十三。圣驾至楚国长公主宅为其浇奠。

人死为大，这次终于不再有人冲出来指责她什么了，宋神宗召中书入内，泪水再抑制不住，恸哭道：“玮都不恤长主，衣服饮食药物至于呼医，亦多作阻隔，长主衣衾乃至有虮虱，至自取炭生火，炭炬伤面。”又下旨，“李玮负仁宗恩，遇长主无恩礼，可便与节度副使安置。”

长公主逝世后，群臣在朝堂上为她议定谥号，宋神宗以她侍奉仁宗至孝，谥庄孝，追封秦国大长公主。不过赵顼明白，如果大姑姑在天有灵，可能看都不会看这些一眼。这个王朝生时不能善待她，死后赋予再多哀荣又有何用呢？徒添折辱罢了。

① 《宋会要辑稿》：熙宁二年五月二十六日，楚国大长公主以同天节合得霞帔，乞换翰林医官、赐绯石麟章服，许之，今后不得为例。

选手资料卡

福康公主，宋仁宗的长女。宋仁宗的子女稀少且相继夭折，在十多年时间里，宋仁宗膝下只有长女福康公主一个孩子，公主又聪慧孝顺，所以受到的宠爱极盛。但是公主年幼时活得有多快活，那后来奉旨嫁人之后就过得有多痛苦。

福康公主身边有一个青梅竹马的侍从，叫梁怀吉。梁怀吉与公主虽身份悬殊，但志趣相投，相伴长大，感情颇深。福康公主被赐婚李玮的时候，他还跟随公主一起入了公主府。有梁怀吉珠玉在前，驸马李玮就显得逊色很多。

李玮是宋仁宗的表弟，虽身份与公主相配，但是长相平庸，为人不齿，公主与他根本就合不来。福康公主因为夜扣宫门之事遭言官弹劾，即使和离回宫，也再也回不到从前了。而那时，梁怀吉也被调离了她的身边。

宋仁宗去世之前，大概是还希望表弟能够善待自己最宠爱的女儿，便又把福康公主二嫁给了李玮，但他没有想到，李玮看似忠厚的表皮之下是一颗虎狼之心。失去仁宗庇佑的福康公主在李府惨遭虐待，常年被关在一个破旧的房间内，生病之后还需要动用皇帝御赐的霞帔来为李玮求取利益，以换得医官为自己医治。待宋神宗赵顼继位后去李府见自己的姑姑，才知道公主在李府过着什么样的悲惨生活——“衣服饮食药物至于呼医，亦多作阻隔，长主衣衾乃至有虮虱，至自取炭生火，炭炕伤面”。

福康公主这一生，经历了荣宠，也遭受了磨难，贵为大宋公主，史书对其生平记载颇多，但是也没有留下她的名字，只剩下一堆封号。都是虚名罢了，公主这一生，最幸福的依旧是出嫁前，在父亲的宠爱下，在怀吉的陪伴下的日子，她可能到死，都还在怀念那段时光。

李师师
LI SHI SHI
粉丝团
石榴裙
应援色
红色
才　艺
琴棋书画
宣言
遍看颖川花，
不似师师好。
Pick Me
点击喜爱

谁是真正的顶流

李师师

文/南方赤火

世人都道汴梁好。我大宋立国百余年，海晏河清，天下天平，盛世图景，不过如此。

一幅著名的《清明上河图》，记载了光风霁月的大宋。日光初升，薄雾散去，汴河岸边的房屋鳞次栉比，沿街的叫卖声此起彼伏，路上小贩挑担叫卖，河中画舫中笑语声声，叮叮响的是过手铜钱。高楼耸立，人稠物穰，炊烟伴着大相国寺的钟声，袅袅覆盖这一派祥和风情。

在九桥门街市一带，酒楼林立，随风招展的绣旗掩翳天日。这些酒楼里最豪华的一座，当属白矾楼。楼起五层，飞桥栏槛，下眺宋都御街和龙亭公园，而在顶层一处，甚至可以直窥整个大宋皇宫。

这里有众多达官贵人竞相造访，无数美姬日夜歌舞。贩夫走卒行经此处，都要额外停留，听一听里面的悦耳丝竹，闻一闻楼里的飘荡酒香。

而今日，白矾楼外却一反常态，没有了往日的喧闹，却守了一队御前侍卫。

“散了散了！不许围观！百姓不准听信谣言！这儿什么都没有！”

越禁什么，越来什么。白矾楼外圈围了一排看热闹的，大家拿着炊饼，摇着纸扇，举着伞，牵着驴儿，探着脑袋，争先恐后地往楼里瞅。

一边瞅还一边互相问："咱们这是看什么呢？"

有人点开自己的手机——如果那时有手机的话，在太平盛世的光景里，肯定是人手一台最新款顶配——神秘兮兮地指着最新一条热搜。

#官家私会花魁，白矾楼底挖空成地道#

"哗——"

新鲜！

放着六宫粉黛不临幸，专门挖地道私会民间女子，这官家也是自古以来头一位风流性情之人。

众人感叹："又是李师师！"

而这位花魁娘子李师师，人在白矾楼，名声传遍九州大地，上热搜可不是第一次了。

谁人不知李师师

李师师本姓王，是汴京城内一个染房主的女儿，因自小体弱，被家人带去佛寺寄名，老僧为她摩顶，小女娃仿佛心有所感，张口大哭，人们认为她有佛缘，故而得名"师师"。

可惜繁华之下，众生也有各自的不幸。师师幼年丧父，中产家庭的掌上明珠一夜间流落街头，她后期被姓李的鸨母收养，鸨母见她冰雪可爱，遂起调教之念，教她琴棋、书画、歌舞，只待师师成人之后侍人。

盛世孤女流落烟花风尘，却掩不住与生俱来的清澈好颜色。不仅有着天人之姿，而且灵心惠质，才艺超群。各项才艺全面发展的李师师最擅长的是表演"小唱"，人风流、歌婉转，她是教坊中罕见的一颗明珠。

李师师从少年时开始走红，逐渐成为社交圈名媛，后来更是成了王孙公子、富商巨贾竞相邀请的对象。

她有句名言："衣冠不整者，谈吐粗俗者，徒有钱财的绣花枕头，纵然是当今圣上，奴恕不接待！"

才情上等，那此女容貌如何？师师姑娘的容貌如何，但从不少文人迷恋师师姑娘的才貌之痴便可以看出。

刚刚有点名气的师师姑娘，直接被一条热搜推到了大家的眼前。

#遍看颖川花，不似师师好#

这是著名婉约派词人晏几道所做的《生查子》中的一句。全词为：

远山眉黛长，细柳腰肢袅。妆罢立春风，一笑千金少。

归去凤城时，说与青楼道。遍看颖川花，不似师师好。

晏几道是晏殊的儿子，家学渊源深厚加上自身天资聪颖，十四岁就金榜题名，考上进士。他每天的生活就是"金鞍美少年，去跃青骢马。牵系玉楼人，绣被春寒夜"，纵横诗酒，斗鸡走马，在京城阔少圈里，晏几道可谓逍遥自在的一代传说。

此词一出，唱遍城内欢场。李师师之名，在偎红倚翠的汴京城里，彻底打响。

她不是普通的青楼卖笑人，寻常人就算只是见她一面，也是门槛颇高。不仅要有钱，而且要有体面的身份，要有文采，更要让师师看入眼。若是能蒙她陪一场茶、弹一支曲，那就是可以吹上半辈子的谈资。

所谓"谈笑有鸿儒，往来无白丁"，和她搭档上过热搜的，不止晏几道。

不久，又有数条热搜先后霸榜，比如：

#唇一点，小于珠蕊#

著名词人张先作《师师令》，盛赞李师师姑娘的容貌。随后李师师的"珠蕊唇妆”成为汴京新潮流。

#渣男预定？秦观李师师热恋，苏小妹发声明#

秦观是著名的风流词人，在苏轼的提携下，他的才情诗名响彻神州。才子佳人在一起简直太正常不过了，大家喜闻乐见，不管这绯闻有多少水分，也就强行把这两人绑上了热搜。

而且秦观确实为李师师写过词：

一丛花·年时今夜见师师

年时今夜见师师，双颊酒红滋。疏帘半卷微灯外，露华上、烟袅凉飔。簪髻乱抛，偎人不起，弹泪唱新词。

佳期谁料久参差。愁绪暗萦丝。想应妙舞清歌罢，又还对、秋色嗟咨。唯有画楼，当时明月，两处照相思。

看看，他回忆起当年和师师姑娘的初遇，佳人微醺，身子倚在他的怀里，樱桃小嘴唱着新谱的词曲。而如今，秋色寂寥，只有画楼以慰相思……

当然，对秦观这种风流大才子来说，再迷人的花魁也只是生命中的过客，不会在对方怀里多加流连。毕竟大家都信奉“两情若是久长时，又岂在朝朝暮暮”嘛。

而李师师呢？以色侍人是她的职业要求。她的颜，她的笑，她的才，她的艺，永远不属于她自己，而是属于这繁华盛世的一部分。

她会拥有自己的爱情吗？

吃瓜群众望眼欲穿地等着下一条热搜。

下一个俘获李师师芳心的人，又会是谁呢？肯定不会比秦观要差了。

答案不负众望。小道消息传遍街头巷尾，大才子周邦彦，今日拜访白矾楼，宿在了师师姑娘的房！

这周邦彦，是比晏几道更神的一代传奇。

他出生在江南的书香世家，可惜从小叛逆，生性不羁，因为生活放浪，不守礼节，他不为州里推重，没能获得乡试的资格，只能孤身上京“北漂”。

他当太学生也当得我行我素，每天下课就流连秦楼楚馆，写了一堆红粉佳词，旁人笑他庸庸碌碌，他却觉得，我的才华还没到展露的时候。

终于有一天，在某次例行的朝廷主旋律征文活动中，周邦彦笔杆子痒痒，主动献赋一篇，不想一举吸引了官家的眼睛。

这就是著名的《汴都赋》。

史载，宋神宗拿到稿子，双眼一亮——哦不，双眼一瞎，然后不住点头称赞：“甚好，甚好！”

他叫来翰林学士李清臣，道：“爱卿来给朕读读。”

七岁即有才名的李清臣，被他敬爱的皇上给坑了。

“鲂鳟鲻鳊，鳜鲟王鲔。科斗魁陆，鼋鼍鼊蜃，含蠁巨螯……鹎鶨鹈鹕，鵞鹭凫鹲鹔鸸鹤。鵁鶄楚雀……”

这一团乱麻般的文字都是什么东西?

不过李清臣也有对策，“瘦字读半截，胖字念半边”，舌头打了无数个结，终于连滚带爬地把这篇几千字长文给读了下来。宋神宗龙心大悦。

不光因为这文章写得有文采。周邦彦还在文章中赞叹了汴京繁华，更表现出歌颂新政变法的意味，政治站队很明显，这一点深得最大 boss 的心，因此立刻被擢为太学正。自此周邦彦从学生升为政教处主任，一举翻身。

周邦彦官运亨通，情场上也春风得意。他终于有资格交往当世最具盛名的李师师，并为她写下了不少优美的诗词。

比如这首《玉团儿》：

铅华淡伫新妆束。好风韵、天然异俗。彼此知名，虽然初见，情分先熟。

炉烟淡淡云屏曲。睡半醒、生香透肉。赖得相逢，若还虚过，生世不足。

这次他一个生僻字都没用，只以寥寥几个常用字，便描绘出一副活色生香的幽会场景。以当世的尺度来看，已经算是热辣大胆的小黄文，如果让李清臣选择在朝堂上朗诵周邦彦作品，他肯定毫不犹豫选《汴都赋》。

总之，又是一段才子佳人的佳话。李师师这一次也许是动了真情。这位风流不羁的才子心思细腻，他对美人的态度并非单纯玩赏，他从她那双顾盼生辉的眼睛里，看到了落寞和孤独。

一落索

眉共春山争秀，可怜长皱。莫将清泪滴花枝，恐花也、如人瘦。

清润玉箫闲久，知音稀有。欲知日日倚栏愁，但问取、亭前柳。

这首《一落索》可能便是周邦彦对李师师的怜惜。

李师师的名气越来越响，街头巷尾的人们都在议论她的相貌。她成为常驻各位词人心中的一个朦胧意向，她成了代表这繁华盛世的一个符号。

可是，她的归宿究竟在哪里呢？

有一个人，他觉得自己能给出这个问题的答案。

宋徽宗赵佶，是个被皇帝事业耽误的艺术家。他本为闲散王爷，自幼爱玩，而且玩得很有水平。他工于花鸟丹青，独创“瘦金体”书法，蹴鞠打猎，琴棋书画，无不精通。就这么一个文艺技能点满的小资青年，却意外继承皇位，成了当时世界第一经济强国的掌舵人。

基建太无聊，军事太粗鲁，政事任免哪有画画好玩。民生疾苦？不存在的。

三千佳丽比不上他笔下的仕女，六宫粉黛都追不上他高雅的灵魂。赵佶每日对月嗟叹，偌大一个大宋帝国，竟然没有一个能做他红粉知己的人。

他身边有一群臭味相投的玩友，有人就向他建议：师师姑娘呀！

论微服私访，赵佶也是熟手了。大内太憋屈，民间多好玩，酒肆勾栏里热闹熏天，比那沉闷的朝堂有趣一百倍。他甚至专门设立了一个“行幸局”，专职替他安排出游事宜，如果哪天醉在外头，负责给皇上遮掩面子。

就没人反对？有，但都被他一撸到底，赶出朝廷了。

赵佶听闻师师姑娘的艳名，当即坐不住，画画写字都没了兴趣，立马换上便装，扮成富商，出宫游玩。

师师姑娘所在的白矾楼就在皇宫旁边，然而要躲过民间百姓耳目，也得颇花一番心思。

可是就算皇帝，在李师师的家里也不能为所欲为。更何况赵佶只扮成区区一富商。据说，李师师不仅把皇帝晾了半夜，而且还要求他提前沐浴，见到之后还耍大牌，“意似不屑，貌殊倨不为礼”。见这商人举止不俗，也只是弹了几个曲子，而后天就亮了，李师师客气把赵佶请走。

赵佶回到皇宫，出神许久。

那个身着轻纱水袖，端坐抚琴的身影，久久地刻在他的脑海里。那脱俗的气质，那似乎万事不萦于怀的姿态，他在任何一个宫人脸上都没有看到过。

即使贵为皇帝，赵佶也不能免俗。他一生从未被女人拒绝过，三宫六院的美女皆仰他鼻息，刻意谄媚。而那一晚，他头一次坐了冷板凳，体会到了被轻视的滋味。

这个女人，成功地引起了他的注意。

而这一晚，对于师师姑娘来说，只是平平无奇的一晚。她熬了半夜，倦了，轻松地睡了下去。

醒来之后，才发现城里沸腾了。

不知是谁走漏的消息，人人捧着手机，指着上面的热搜，兴高采烈地读道：

#帝驾幸陇西氏#

翻译成白话就是，官家昨天宿在李师师那里了！

太平盛世，这人不用为一口吃食而奔波的时候，就喜欢琢磨八卦。

对于一代名妓而言，哪个客人比得上当今皇帝？对于平民老百姓，哪个人的行踪八卦比得上皇帝？

收养李师师的那个李妈妈吓得当场跪地上，哭天抢地，嘴里连连嘟囔：“死了死了这回死了……”

居然还嫌皇上脏，赶他去洗澡！

李师师毕竟见过大风雨，淡定地说，皇帝又怎么样，男人而已。再说，这个男人，风流倜傥，文采斐然，倒是让人讨厌不起来。

果然，面对热搜带来的满城风雨，赵佶顺水推舟，选择公开了这份恋情，并且赐给师师姑娘一把名贵的琴。

这相当于向全天下宣告：师师姑娘是朕的。你们其他人就都别来抢了。

李师师的门庭，迅速冷落。她成了当今皇帝的秘密情人。

虽然这事儿基本上已经公诸天下，但赵佶为了避免不良影响，每次来跟师师姑娘约会，都是趁夜出宫，在无数大内高手的护送之下，伴着夜深灯火上矾楼。不仅劳民伤财，而且容易被那些讨厌的大臣抓到把柄。

文艺青年赵佶，为了见姑娘挖空心思。他大笔一挥，发出了一道前无古人的命令。

“给我修个地道，从大内皇宫直通白矾楼！”

古往今来，这么挖自己家墙脚的皇帝，历史中没见过第二个。赵家的列祖列宗在太庙里看着，估计要集体气得冒青烟。

地道最终还是开挖了。李师师看着从地底下冒出来的灰头土脸的当今皇帝，摇头笑笑，蹲身施礼。

第二天，**#白矾楼底挖空成地道#** 喜提热搜，见惯了大世面的汴京百姓，被这个不靠谱的皇上再次刷新三观。

……

尽管交往着当今皇帝，但李师师可没有六宫佳丽那样终身独侍一人的觉悟。她付出了青春和笑容，为自己争来这当世花魁的名气，她觉得自己是可以悄悄地享受一点自由的。

她依然在和大才子周邦彦交往。当然，要避开皇帝。

赵佶很忙，要写字，要画画，要踢球，要玩耍，还要应付朝中一帮老臣，也不能天天过来和师师姑娘相聚。

周邦彦乘虚而入。他每次来得都很小心，留意不给心上人添麻烦。然而，常在河边走，哪有不湿鞋。终于有一天，周邦彦翻车了。

翻车的过程，在不同的历史笔记中有不同的记载。

那日他正在和李师师行风花雪月之事，突然有人来报："官家来了！"

一股橙子香顺着地道飘上来，人还没见着，声音先上来了。

"刚刚从南方进贡来的薄皮大蜜橙！"赵佶完全没有皇帝范儿，开心得像个两百斤的孩子，"带来给师师姑娘尝鲜！快来！"

对李师师来说，这不是惊喜，是惊吓。

赵佶不把自己当皇帝，其他人可不敢跟他所见略同。周邦彦后背一凉，觉得脖子上这颗脑袋有点不稳当，立刻躲到李师师床底下。

李师师被迫陷入修罗场，她表示好无奈。不过此时也只好调整状态，陪官家一起吃起了橙子。

在宋代，橙子的吃法和现在不太一样。由于从南方到北方路途遥远，橙子在运输过程中会产生酸涩味道，即便是进贡到宫里的橙子也是如此。需要蘸一些盐，用适当的咸味来提升甜度，和如今的"盐水泡菠萝"道理相似。

于是李师师取来细盐，跟皇帝一起，享受这顿奢侈的夜宵。

卿卿我我，你侬我侬。赵佶可不知道，在这房里还有第三个人。

可苦了床下的周邦彦。自己心爱的女郎被迫营业，他心里那无名飞醋，酸出一整个白矾楼。

送走皇帝，李师师倦极休息，周邦彦潜出白矾楼，自己喝着闷酒，满心郁闷无处发泄，随手抓起手机，发了几句牢骚。

第二天，**#周邦彦新作《少年游》#**冲上热搜。各大酒楼中响彻"少年游"的调子。

李师师翻开手机，铺天盖地的热搜讨论，瞬间也有点好奇，才子男朋友新写的词，到底有多出色。刚读了两句，李师师的笑意凝固。

并刀如水，吴盐胜雪，纤手破新橙。锦幄初温，兽香不断，相对坐调笙。
低声问：向谁行宿？城上已三更，马滑霜浓，不如休去，直是少人行。

这这这……这不是昨夜官家前来拜访，那一夜风流的文字版吗？

就连官家离开时，李师师那关心的话语，也被一并录入了进去："天色已晚，马滑霜浓，您别回去了吧。”

周邦彦真是满腹才气没处洒，用行动给自己缝绿帽！

而远在大内的皇帝赵佶，听闻这首新作后自然也龙颜大怒。立马派人询问李师师，得知当晚周邦彦就在自己床底下听壁角，气得画画都没心情了。

周邦彦酒还没醒，就稀里糊涂地被贬出了京城。

李师师觉得很对不起他。

她失踪了一天，待她回到白矾楼的时候，赵佶已经等得焦急。

“师师姑娘去哪儿了？”皇帝问。

李师师坦然回答：“去送周邦彦。”

你吃醋就吃醋，与我何干。

有脾气的美女惹人爱，更何况是艳冠天下的李师师。

赵佶作为皇帝，天下什么不是他的？他自感危机性不强，闻言也没怎么生气，反而笑问：“他又做了什么新的酸词没有？”

李师师点头，当即唱了一首《兰陵王·柳》：

柳阴直，烟里丝丝弄碧。隋堤上，曾见几番，拂水飘绵送行色。登临望故国。谁识，京华倦客？长亭路，年来岁去，应折柔条过千尺。

闲寻旧踪迹。又酒趁哀弦，灯照离席。梨花榆火催寒食。愁一箭风快，半篙波暖，回头迢递便数驿，望人在天北。

凄恻，恨堆积。渐别浦萦回，津堠岑寂。斜阳冉冉春无极。念月榭携手，露桥闻笛。沉思前事，似梦里，泪暗滴。

这是周邦彦和她的惜别之词。情深义重，力透纸背。

文艺青年赵佶听到这字字珠玑，有些惭愧。师师姑娘不是他的嫔妃，甚至不是某个人的妻子。她本是自由的，是他用权力，剥夺了她这为数不多的“自由”。

赵佶叹口气，命人把周邦彦召回京城，还让他做了专门研究音乐的大晟府提举。于是，儿戏一般，周邦彦还没走出城郊，就又被叫了回来。

改变周邦彦的命运，这大概是赵佶皇帝生涯中，为数不多的正确决策之一。

人红是非多。李师师声名远播，有不少人借她的名号营销。

比如据不靠谱小道消息《水浒传》，里面就提到著名的梁山起义集团曾经试图打通李师师的门路，向皇帝谋求招安，还派出了浪子燕青实施美男计，终于，通过李师师的牵线搭桥，一个非正规武装集团成功转型为正规军队，从此集团内部人员光宗耀祖，开始真正为国效力。

其实《水浒传》中提到的事情，历史上到底有没有，如今依旧是存疑。但合理猜想一下，李师师和当今圣上关系不一般，定有不少人试图通过贿赂她，通过与她交好来谋求政治上的利益。

而李师师也很聪明，至少她没有在历史上留下干政的骂名。后人谈起她时，极少论及红颜祸水这四个字，只记得她的幽姿逸韵，以及折服在她石榴裙下的一个个优秀的男人。

然而，繁华至极，便容易沦为虚妄。汴京风华持续百年，终于，在演奏到最热闹最华丽的片段时，戛然而止。

靖康之变，金兵铁骑踩破了城墙，人头滚滚，血流成河。娱乐板块的热搜停留在 **#名妓李师师下落不明#**，之后再没有更新过。

和李师师交往过的那些天之骄子，他们的才学、财富、权势……往日风光，在国难的碾压之下，显得那么脆弱，那么不堪一击。

他们退缩，他们投降，还有少数人击鼓应战，但都倒在了兵燹肆虐的土地上。

皇帝赵佶被俘，去国千里，受尽轻侮。

半壁江山沦亡，战火烧遍江北，民不聊生。

一幅热热闹闹的《清明上河图》，仅在数年之内，便被撕裂成破碎的片段，成了故国遗民心中难以复原的回忆。

其实还有人记得李师师。

记得那高能俯瞰大内的白矾楼，记得那熙熙攘攘的酒肆、茶坊、寺院、太学，记得那物欲横流、繁花似锦的婉约时代。

李师师去哪儿了？

人们找不到她。有人说她捐出家资抗金，自己出家做了道士；有人说她被金军掠走，不愿侍奉敌人，吞簪自杀了，刚烈之举令男儿汗颜；还有人说，她逃到江南，嫁做了商人妇，年老色衰，憔悴无复往昔之态。

但无论人们怎么谈论她，她还是天生属于那个华丽富贵的时代，属于那烟花般的繁荣。世人怀念她，犹如怀念那回不去的盛世风流。

选手资料卡

李师师，北宋末年的青楼歌妓，名声极盛。

师师姑娘的名字来自佛家，相传她小时候寄名[1]佛寺，在僧人为她“摩顶”[2]的时候大哭，僧人觉得她与佛有缘，所以众人后来都叫她“师师”。师师姑娘在父亲罪死狱中后流落街头，后被妓院鸨母李氏收养，改姓为“李”。

李师师才情容貌均非常人所能及，在当时是文人雅士、王孙公子青眼相待的人物，众多文人为其作诗写词，甚至得到过著名词人周邦彦的垂青。据传，李师师也深受宋徽宗喜爱，宋徽宗为了经常见到李师师，甚至修了一条密道。

北宋末年宋徽宗被掳，宋朝南渡后，李师师的下落也就再无人得知了。

① 寄名，古时父母为自己的孩子祈求平安长生，会让幼童认他人为义父母或僧尼的俗家弟子，这个行为被称为寄名。

② 摩顶，《法华经》里讲，释迦牟尼佛以大法付嘱大菩萨时，用右手摩其顶。本指受戒出家，后来也用做抚摸头顶，表示喜爱的意思。这里是指李师师接受僧人摩顶，成为俗家弟子的仪式。

花蕊夫人

绝色美人的传奇一生

文 / 沈时晴

宋开宝三年，热度横跨五代十国时期后蜀国，至北宋初年的女顶流花蕊夫人逝世，她的死一石激起千层浪，令无数粉丝迷妹痛心不已，一夜之间“天下再无芙蓉仙”“在权利漩涡中陨落的花神”“五代十国第一美佳人之死”等热搜词条接二连三登上各大网络平台榜首。

而这期间，比花蕊夫人之死更为热闹的则是花蕊夫人几大 CP 粉间的争论大战，粉丝们围绕花蕊夫人被人广为流传的绝色美貌、超凡才情，以及其和后蜀至宋初共三位帝王间的绯闻轶事展开了激烈争论。

这其中以人气颇高的“梦里花 CP”“花颂情 CP”间的争论最盛，两家各执一词，都认为自家的 CP 更真情实感，而这种激烈争论一直延续到开宝九年宋太祖逝世时也未能分出胜负。

但从这些争论的只言片语中，我们似乎也可以还原出有关花蕊夫人，这位传闻中五代十国第一绝色美人充满传奇色彩，跌宕起伏又几多坎坷的短暂一生。

#梦里花 CP 超话#

大宋名人CP 超话No.2

阅读 3467万　帖子 1234条

分享　申请主持人

综合　热门　视频

#梦里花CP超话#

顶置

梦里花落多少后援会　V

这里是慧妃花蕊夫人和后蜀主孟昶 CP 的超话，两人的 CP 名为“梦里花”。

“梦里花”CP 取后蜀主孟昶的姓氏“孟”的谐音“梦”，以及花蕊夫人的“花”组合而成，代表两人此生互为知己，同时暗喻了他们之间那如梦如幻的美好爱情，以及因造化弄人，两人一生皆都如梦里花、水中月般快速消亡的落寞人生际遇。

请各位花瓣粉们注意，由于花蕊夫人逝世引发不少对家 CP 和黄泉路人引战拉踩，为此梦里花 CP 后援会现对花瓣粉们提出以下要求：

1. 遵循梦里花 CP 爱戴自家 CP 正主后蜀主孟昶和花蕊夫人慧妃娘娘的宗旨，圈地自萌，自磕自糖；

2. 多多宣传推荐梦里花 CP，不理会任何引战抹黑言论；

3. 若有花瓣粉们在广场看到抹黑拉踩等引战言论请直接举报，不要撕，坚持不给任何热度。

在此，后援会先推荐一首由后蜀主孟昶作词，花蕊夫人谱曲合作的绝美情歌《玉楼春》。收听链接在此：网页链接 #玉楼春#

歌词在此：“冰肌玉骨清无汗，水殿风来暗香满；绣帘一点月窥人，欹枕钗横云鬓乱；起来琼户启无声，时见疏星渡河汉；屈指西风几时来，只恐流年暗中换。”

转发345　评论289　点赞1068

青城山信女

开宝三年

我们后蜀主真的太有才了。我从没见过花蕊夫人真人，但看完这词后，一个出尘绝艳、温婉典雅，又带着悠然暗香的女子形象便立刻在眼前活灵活现。

真羡慕那些每日能见到花蕊夫人真人的人啊。记得当初后蜀主初见花蕊夫人时就称她“花不足以拟其色，蕊差堪状其容”，所以才赐名“花蕊夫人”。

共37条回复>　　转发12 评论 14 点赞 409

宋宫孤雁

我是来自宋宫的小太监，有幸一睹过花蕊夫人真容。我作证，真人比起这词里的描写绝对有过之而无不及，不愧是五代十国的第一美女。

青城山信女　回复宋宫孤雁

哇，好羡慕你见过花蕊夫人真人，毕竟是能让后蜀主在整个成都都城种上芙蓉花的人啊，这跟当年唐皇为博杨贵妃一笑，千里运荔枝可谓有异曲同工之处。

长河落日　回复宋宫孤雁

你一宋宫小太监居然来称赞他国的祸国妖孽，真不知你咋想的。

长河落日　回复青城山信女

对，跟妹喜、妲己、褒姒、杨玉环祸国也有异曲同工之处。

宋宫孤雁　回复长河落日

人花蕊夫人长得美是事实啊，再者，一个国家一个朝代的灭亡怎么能完全将原因归到一个女人身上呢？这里边儿可牵扯太多的事情啦。

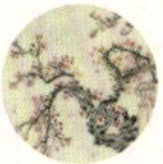

梦花哪飘零

开宝三年

这两人当真是神仙眷侣。后蜀主因为花蕊夫人喜欢芙蓉花就种了一城的芙蓉花，而花蕊夫人在后蜀主身亡后，即便被俘困在宋宫，却依旧还是冒着会被降罪杀身的风险画了后蜀主的画像，并挂在宫内祭拜。这种从生到死的双向爱恋之情，让我不由得又相信爱情了。

听说后来被宋皇发现了，花蕊夫人情急之下谎称画像上的人是送子之神张仙，从那以后整个宋宫都开始拜后蜀主的画像求子了。后蜀主就这么被花蕊夫人误打误撞整成了送子之神，真的是又心酸又好笑。

共9条回复>　　转发 0 评论 26 点赞 467

李白是我最爱

呵，都是营销宣传出来做做样子罢了，皇家哪有真爱，可别忘了后蜀主死后花蕊夫人立刻就成了宋皇的贵妃，什么真情依恋，也就只有你们这些粉丝愿意信。

青城山信女　　回复李白是我最爱

花蕊夫人成为宋皇之妃是被强迫的。那时后蜀国灭亡，花蕊夫人作为一个人微言轻的女子，如何能决定自己的命运？连后蜀主都被宋皇毒杀了。请问你是花蕊夫人的话，你那时会怎么选择？

长河落日　　回复青城山信女

不是在后蜀主死后宋皇才掳去花蕊夫人的，就是因为宋皇看上了花蕊夫人，才借口毒死了后蜀主，所以花蕊夫人应该是在后蜀主还没死时就跟宋皇勾搭上了，说白了就是一祸国妖孽。

李白是我最爱　　回复长河落日

说她死后始乱终弃还抬举她了，这压根就一蛇蝎毒妇。要真是性情刚烈忠贞的女子早就随丈夫自刎而去了，参考下楚霸王和虞姬，说白了她花蕊夫人不过就是一个见异思迁的女人。

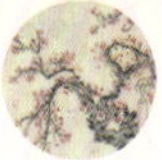

梦花哪飘零　　回复李白是我最爱

殉情这种事还有人鼓吹呢？每个人都是独立的个体，花蕊夫人又没有做什么伤天害理的事，选择活下去才是正确的决定吧。

李白是我最爱

开宝九年

惊天内幕，看花蕊夫人给后蜀主戴了几顶绿帽。

据悉，后蜀主孟昶之妃花蕊夫人因其容貌出众而名震天下，被称为“五代十国第一美人”，此美名甚至引发了两国战乱——宋朝开国皇帝赵匡胤为霸占她，不惜设计下毒杀害后蜀主。更有甚者，花蕊夫人在世时不仅跟宋皇有关，还与宋皇的弟弟晋王赵光义有情感纠葛。

据知情人爆料称，后蜀投降那日，晋王率先带兵赶到后蜀宫殿，当时就对花蕊夫人一见钟情了，而花蕊夫人也对晋王有异样好感，两人更是含情脉脉对视了一番。如此明目张胆，后蜀主自是看出了端倪，便主动提出让花蕊夫人侍奉晋王，而晋王当夜便在后蜀宫殿留宿了。直到第二日才应宋皇旨意，带后蜀主一行人上殿。

宋皇在大殿对后蜀主施加了恩典，赏赐封地，赐予秦国公之位，这本应该是最后的结局了。但宋皇也同时见到了花蕊夫人，随后不出七日，后蜀主便莫名暴毙身亡，花蕊夫人则快速进了宋宫，被加封为贵妃。这实在是让人不能不起疑心。后蜀主之死和花蕊夫人进宋宫廷一事肯定有关系。

共14条回复>

一江春水故往已

又来了，这种捕风捉影、没有证据的事情怎么还会有人信呢？

转发12 评论 14 点赞452

花颂情 CP 超话

大宋名人CP 超话No.1

阅读 6781万　帖子 44582条

分享　申请主持人

综合　热门　视频

#花颂情CP超话#

顶置

宋庭花情后援会 V

这里就是“花颂情CP”粉的聚集地啦，花蕊夫人和宋皇就是最配的！

“花颂情”CP 名来源于花蕊夫人初见宋皇时吟诵的那首颇具大义的“述亡国诗”，正是这首情真意切，感念国破家亡，思念故土的诗让宋皇对花蕊夫人多了一丝敬佩尊重之情，从而造就了一段佳话。并且“颂”也与“宋”同音，也代表着花蕊夫人与大宋之间千丝万缕的联系。

各位香粉们，在这挂几个广场黑贴，请各位帮忙点进去举报@山间小牧童@大王在哪里@天地十二时@狐妖小丽人，举报统一填污蔑造谣、不实信息。

另外我们宋庭花情后援会为祭奠花蕊夫人，特意订制了几款“花颂情CP”丝绢雪香扇和CP画册卷，想要的小伙伴们多多转发，我们将会抽五名小伙伴送出。其余还想要的，之后会放购买链接到相关网站上，收取到的应援资金将全部捐献给花蕊夫人@芙蓉花慈善基金会。

另外切记，花蕊夫人与宋皇是唯一CP，切莫被不相干之人带偏，我们粉丝一定要拿出应有的气魄和态度来。

转发890　评论675　点赞3459

贞观文景录 V

开宝三年

想要丝绢雪香扇啊，早就有听闻过有关花蕊夫人自制雪香扇的传闻了。花蕊夫人擅长用香，她用的扇子上都会涂上龙脑碎末，这样扇出来的风就是香香凉凉的，至于雪香扇的名字来由，据说是有次夏夜，她登上高楼纳凉，结果一不小心把扇子掉到城楼外，扇子后来被城外的人捡到，大家觉得这扇子白白的、香香的，很是好看，便给扇子起了个名叫“雪香扇”。渐渐地，这种扇子在百姓间也流行起来了。

宫红柳绿

还有红栀子花绘绢扇。花蕊夫人生前特别喜欢牡丹、芙蓉还有红栀子花，道士申天师献给花蕊夫人天下只有两粒种子的红栀子花种，后来那栀子花开起来，其色斑红，其瓣六出，清香袭人，花蕊夫人看到之后非常喜欢，就命人把那花画在白丝绢扇上，再沾上龙脑碎末，可谓色相和品相都有了。

大宋善女　回复贞观文景录

原来如此啊，感谢推荐，这下我也想要了。

大宋善女

爱了，好想知道那花绘绢扇的真品还在不在啊。

共5条回复>　　转发 66 评论 112 点赞 1349

山不在高 V

开宝三年

既然上面提到了花蕊夫人擅长用香，那我就来推荐下花蕊夫人自制的“衙香”方子吧。

大家应该都听说过花蕊夫人初见宋皇时的场景吧，让宋皇痴迷的，除了花蕊夫人的绝世美貌外，更有她身上那萦绕满屋的沁人暗香。

我们普通女孩或许没法拥有花蕊夫人那天生丽质的冰肌玉骨之肤，如花蕊般娇嫩艳丽的面容，但做个跟花蕊夫人一般自带神秘暗香的女子还是有办法实现的。

为此小山特意采访了曾伺候过花蕊夫人的贴身女婢落菊，给大家带来了花蕊夫人生前常用的“衙香”制炼秘方，大家可以摘录收藏啊。

方子如下：

【药物】沉香三两，栈香三两，檀香一两，乳香一两，龙脑半钱（另研，香成旋入），甲香一两（法制），麝香一钱（另研，香成旋入）。

【制备】上除脑、麝外同捣末，入炭皮末、朴硝各一钱，生蜜拌匀，入瓷盒，重汤煮十数沸，取出，窨七日，作饼爇之。

通俗点讲，先准备材料，三两沉香，三两栈香，一两檀香，一两乳香，半钱龙脑，一两甲香，一钱麝香。然后将上述除龙脑、麝香的诸多香料按照剂量混合一起捣碎成末，龙脑和麝香另外单独研磨。之后加入炭皮末、朴硝各一钱，用生蜜拌匀，把混合好的香料放入瓷盒，隔水煮至多次沸腾，取出，窨藏七天，捻成饼。后续使用的时候点燃香饼就可以了。

琉璃盏

花蕊夫人深谙致香之道，且本人信奉佛教，所以她配的香，不仅好闻好用，而且兼具佛家香的庄严气象和宫廷香的优雅华贵，当真很适合追求生活品位的女子们效仿使用。

共6条回复>　　转发 25　评论 199　点赞 1156

揭秘花蕊夫人真实死因——皆因美色祸国导致

晋王之义

开宝九年

据一位不愿透露姓名的太祖之妃透露，开宝三年，太祖设宴于皇宫后苑，招待诸位皇亲国戚，宴请的宾客就包括晋王赵光义。

席间，太祖举酒劝晋王饮之，但晋王却提出一个奇怪条件，他说需要花蕊夫人去树上折一枝花来才肯饮下这酒，太祖便下令，命花蕊夫人去攀折花枝，然而在花蕊夫人攀折的途中，晋王忽然举起弓箭冲花蕊夫人射了一箭，花蕊夫人当场被射死。随后，晋王痛哭流涕抱紧太祖的腿，劝之：“陛下刚得天下不易，请以江山社稷为重，切莫贪迷于酒色。”

由此可看出晋王当真是心怀天下大义之人啊。

山不在高 V

开宝九年

还真有憨憨信这种言论？晋王好色是出了名的，他当初是怎么抢南唐后主李煜的小周后的，这事你们忘了？还深明远虑，怕是他得不到美人也不想别人得到吧。

一江春水故往已：真的是够了，当初后蜀被灭你们说花蕊夫人祸国后蜀，眼下宋太祖身亡了这又开始传播花蕊夫人美色祸乱大宋，真是大美女是块砖，哪里需要哪里搬，难不成这些帝王们都是无脑的傀儡机器，完全任由美貌女人摆布？求求大家长点脑子吧。

开宝盛世：劝删，如果真是晋王粉请不要给晋王抹黑，花蕊夫人之死从来没有准确的官方声明说与晋王有关，请不要肆意散播这种谣言。而且宋朝的开辟是宋太祖和晋王共同努力的结果，两位都很英明神武，请不要拉踩比较。

晋王之义　回复山不在高

晋王是什么人，他什么样的美女得不到，至于为一个祸国妖女，冒着杀身之祸跟自己的大哥反目成仇吗？他就是纯属为大宋的将来还有自己大哥着想啊。

史家绝唱　回复晋王之义

我仅仅对你这个说法表示认同，我感觉晋王不会因为得不到而杀掉花蕊夫人，但你说晋王是为太祖好，这还是有异议的，毕竟传出过“烛影斧声”那事儿。我感觉晋王自己也不干净，最重要的原因怕是在立太子的问题上花蕊夫人触犯了晋王的利益。

据说花蕊夫人因美色和才情出众，很受太祖宠爱，太祖先前有想过立她做皇后的，只是这个想法遭到了大臣赵普的反对，赵普认为亡国之女不足为天下母，所以推荐了左卫上将军宋惺的长女。

可能这件事才是触发花蕊夫人之死的关键。毕竟她应该也清楚，以色侍人终究不会长久，尤其还是侍奉一国之君，而且她本身是前朝亡国之妃，这个身份本来就尴尬，加之她在宋朝廷无依无靠又无权无势，坐不上后位的话就只能仰仗儿子，所以她争太子位的举动应该才是真正惹怒晋王的原因。至于触犯到了什么利益点，看看眼下太祖逝世后晋王的上位有什么举动吧，懂的都懂，其他的我就不多说了。

山不在高

我来补充下“烛影斧声”这事。据说宋开宝九年十月的一天夜里，生病的太祖召晋王单独议事，还让左右侍从都离得远远的。谈话间有人远远瞧见晋王的影子时而离席，且有躲避的姿态，还听见太祖拿柱斧敲击地面的声音，并大声说：“你做得好啊！”太祖的声音颇有气急败坏之意。后来太祖薨，晋王就继位了。

不过也不能就依此说晋王有谋逆之心，毕竟到那时也没有第三个人在场。也许当时太祖只是在向晋王嘱咐后事呢。

文武将至

不好意思打扰大家了，@晋王之义此人是披皮黑，看他主页就知道，他前两天还发表了污蔑隋朝晋王杨广以及唐朝晋王李治的言论，显然这人是专黑“晋王”的。在此给太祖和花蕊夫人的粉丝道歉，我们对花蕊夫人以及太祖的逝世都同样缅怀难过，愿逝者安息，来世安好。

共26条回复>　　　　转发 66　评论 112　点赞 897

选手资料卡

介绍花蕊夫人之前，大家先来了解一下“花蕊夫人”这个词。“花蕊夫人”一词可用来形容女子生得很美，“花不足以拟其色，蕊差堪状其容”，说的就是这个意思。

五代十国间，被称为花蕊夫人的，一共有三人。因三人所处时代相同，且又都被称为花蕊夫人，她们的真实身份，对应的事迹至今仍有很多谜团。

本次参赛的花蕊夫人是后蜀后主孟昶的慧妃，有关这位花蕊夫人的姓氏，史书上一曰姓费，一曰姓徐，但至今尚无定论。这位花蕊夫人幼时便能作文，善于写宫词，且性格娴雅守礼。花蕊夫人与后蜀后主孟昶在蜀地时，时常劝导孟昶励精图治，后来孟昶去世，蜀地被宋太祖赵匡胤所破。花蕊夫人被掳后就留在宋宫廷之中，成了宋太祖的妃子，后来因介于宋廷权力之争而被太祖的弟弟赵光义一箭射死。

宋代穿搭，
赶走暑气，让休闲和甜美完美平衡

时尚编辑 //顾闪闪　　画师 //米朱弗玄　　模特 //李师师

李师师，北宋女明星，擅长歌舞，深谙诗词。

今年对于李师师来说，又是接大牌代言接到手软的一年。作为整个大宋热度最高的话题女王，这边和当朝皇帝宋徽宗的绯闻还没压下去，那边便又传来了婉约派代表词人张先大师为她量身打造新词牌《师师令》的好消息，实在让我等路人都不知道先吃哪个瓜好了。

在时尚领域，李师师当然也不屑模仿前人追捧的时尚风格。铅华淡淡，清丽多姿是她对妆造的态度；简约而不寡淡，是她对穿搭的执着追求。这一点在《师师令》的词文中，便能窥知一二：“香钿宝珥，拂菱花如水。学妆皆道称时宜，粉色有，天然

全身搭配

抹胸×短衫×褙子

Dapei

春意。蜀彩衣长胜未起，纵乱霞垂地。”如此高的“美商”，难怪连大文豪晏几道都化身她的忠实粉丝，为她写下“遍看颍川花，不似师师好”这样的应援词。

这次有幸请到李师师展示适合夏天的穿搭，让我们一起学起来！

抹胸+短衫

大方和炎热说：『告辞！』

这才刚进入伏天，就有不少读者写信催我们出一期夏日全身穿搭教程——长袍固然仙气，但炎炎夏日实在难熬，一想到要套上这些劳什子才能出门，连小编也忍不住想做个宅女了。

今天就让师师来告诉你，清爽夏日的正确打开方式！

在内衣的选择上，我们宋朝女子追求极简舒适，多爱穿抹胸。比起交领上衣，抹胸能最大程度露出肩颈部分的肌肤，同时保持透气性。您可别瞧着抹胸结构简单就小瞧了它的贴心程度，看到当中那道小小的三角褶了吗？那就是为贴合女性婀娜的身体曲线而专门设计的。

如果您是怕热体质，觉得还不够凉快，那您可以试试只遮盖胸前的肚兜，给后背也“放个假”。想象一下，荷塘畔的清风透过短衫轻拂后背，是何其快哉！忘掉什么身材焦虑吧，让自己穿得舒适，才是我们宋朝女性所追求的。

对于夏日罩衫，宋朝女生也习惯“断舍离”。太长太拖沓不要，得裁成膝盖以上的短衫；太厚太呆板不要，得换成轻薄透气的纱罗；袖型花样太多？这个可以有！往往是那些“钢铁直男”注意不到的细节处，才藏着宋朝女儿别致的小心机。你看那方便日常的直窄袖、遮掩赘肉的蝙蝠袖、别致而不失飘逸的喇叭袖……多种款式，任卿挑选。今日师师身上便是搭配的直窄袖，方便又凉爽。

在色彩选择上，宋人也注重清凉淡雅，葱白、青绿、沉香、藕色……宋朝的姐妹似乎是发现了日常穿着的奥义，只要饱和度降下来，浑身上下怎么搭都别致，任谁看见都要感叹一句：“天然去雕饰，清水出芙蓉！”

两片裙+褙子
打造黄金身材比例

如若没有师师那样的天生好身材，还想穿得美美的，该怎么搭才好呢？想必许多读者此刻都在思考这个问题。

为此，我们特地咨询了师师小姐，她笑答道：“为什么不试一试‘裙背’这种穿法呢！”所谓“裙背”，即外搭褙子和裙装的合称，宋朝女子在稍正式的场合除了着基础的抹胸和短衫外，往往还要穿起裙装，外披褙子。这样搭配既能将身形修饰得纤瘦修长，又能遮住小肚子，还能调整上下身比例，一眼望去，嚯，胸下全是腿。

褙子作为宋朝女性最爱的单品之一，一般穿于短衫外，形态与衫相似，只是更长，自然也更显飘逸。长久以来，褙子以其舒适垂坠的版型和无与伦比的柔美感广受好评。为了避免单调，宋朝女子还在对襟褙子上加上了两道名为“领抹”的装饰条，绣花、印金、素色，这种领抹不拘式样，多种款式，可自行选择，再也不用担心和姐妹“撞褙子”啦。

俗话说：没有少女能对小裙子说不。画像中师师的这条裙子实在是太好穿了，我们一定要推荐给大家！它名为两片裙，又叫旋裙，别看它样子简单，设计上却别具匠心，既贴合臀部曲线，又能凸显好身材。最令人心动的是，据说这种裙子是专为女性出行而发明的，两个裙片分离，前后开胯，穿上后不仅迈得开步子，甚至还能骑马打球。如此良心的消暑神器，还不快快穿起来！

CHAPTER FOUR
DA MING
Da Ming
Feng

大明风华

选送公司

大明风华娱乐传媒集团

大明风华娱乐传媒集团是所有参赛公司里面唯一没有皇室注资的，且成立时间最晚，它的实力却不容小觑。虽然是民办公司，但是其中艺人个个是顶流，风靡全国。该公司推出的“秦淮八艳”组合，即便解散，也依然吸引着众多粉丝。

第四章

李香君
粉丝团
桃花扇
应援色
粉色
才 艺
昆曲演绎
宣言
生逢乱世，身陷泥淖，
也磋磨不了我一身铮铮傲骨。
Pick Me
点击喜爱

李香君出道访谈录

文——顾闪闪

自从与前任侯方域分襟，各自遁出红尘后，李香君已鲜少出现在公众面前，此次适逢“秦淮八艳江湖重聚”，她再度现身，显然是为我们破了例。

采访当天，李香君脱去道袍，重新换上昔日的明艳装束。她脂粉淡淡，檀唇一点，抛家髻松松挽起，岁月似乎未在她的脸上留下任何痕迹，更在她眼角眉梢增添了几分淡定从容的风韵。

面对我们犀利的提问，她手中桃花扇轻展，谈吐依旧优雅且不失风骨，让我们不禁感叹，即便朝代更迭，人事变迁，李香君仍是当年那位宁可血染扇面，也不委身贼人的“香扇坠”。此般气节，真真羞煞天下须眉。

出道即是顶流

作为江南名楼“媚香楼”的头牌，李香君的歌唱实力和各类技艺水平都是出类拔萃的，这令她在正式出道前就积累了不俗的人气。加上经纪人李贞丽的力捧，“李香君”这个名字很快就在文人雅士间传开了，甚至连京城的王公重臣们，都对这位江南女子甜润的歌喉津津乐道。

对于这一点，李香君并不否认，但比起骄傲，她脸上流露出的更像是漫不经心：“用不着谦虚，当时秦淮地区艺人们的人气大家都看在眼里，你实力怎么样，舆论都会为你记录下来的。这种时候说什么‘自己是从小透明一点点爬上来的’‘一路艰辛不易’，对于我来说，那才是做作。”

出道前的李香君还没有自己的单曲，在李贞丽的悉心指导下，她翻唱了《牡丹亭》等经典作品，据昔日观众回忆，她将一曲“良辰美景奈何天，赏心乐事谁家院”唱得仿佛杜丽娘再世，不知引得多少王孙公子痴迷。

“这里我要感谢我的养母兼经纪人李贞丽女士，她虽然出身风尘，却有着江湖儿女的侠义坦荡。虽然我们没有血缘关系，她却将我视为掌上明珠，不仅悉心教养，更是请人帮我遍寻良人。如果她是个只看钱财不挑人品的寻常鸨母，便不会有来日我与侯方域的一场姻缘佳话了。”

中间人杨龙友也向我们透露：“我与媚香楼、侯方域都交情不浅，‘香君’这个名字当日就是我取的。记得昔日香君的追求者颇多，其中不乏高官巨富，也是她母女二人见识高远，偏偏从中挑定了侯方域这样的青年才俊。那当真是郎才女貌，好一对璧人……”

Q：可是据知情人士透露，您其实是香域 cp 的披皮黑，是对家派来的卧底，据说后面您还想趁着小两口分开之际，强行将香君配给他人。这一点您承认吗？

杨：胡扯！虽然早年我有过不良记录，但我早就黑转粉了！再说了，他们的彩礼都是我出的，桃花扇也是我亲笔画的，你见过这么敬业的黑粉吗？

关于成团

Q：此次选秀活动，“秦淮八艳江湖重聚”话题引发了许多人的关注，最激动的莫过于你们当年的真爱粉。每条大街小巷，每个人的嘴里，见面第一句话，都是“爷青回”。请问在这么火热的人气包围下，您想过与其他七人再次成团，借此机会一同活动吗？

李：不会，我可以明确地说，不可能再次成团。

首先很感谢大家对我们的喜爱，过去是，现在也是。秦淮八艳每个人的秉性和人生理念上都有相似的地方，但每个人都独具个性。柳如是情深班蔡，马湘兰能诗善画，寇白门侠骨柔肠……这也是大家支持我们的原因。我明白，成团是一种美好的想象，包括现在大家喜欢搞一些衍生作品……是叫衍生吗？前段时间一位名叫孔尚任的朋友还给我写信，问我能不能根据方域和我的经历写一部剧本——当然可以，这些我们都不会干涉的。

相应的，大家的喜爱或反感的情绪也不能决定我们的生活，就我个人而言，既然选择了出家，就没有回还的余地。

有女人的地方总是会让旁人产生许多猜测，我们不再重新组团，也许会有人因此觉得我们关系不和，那这就完全是臆测了。事实上我和卞玉京前辈她们都是很好的朋友，柳如是还曾出资帮助董小宛赎身，秦淮八艳同样命途多舛，所以比起嫉妒，我们更愿意选择惺惺相惜。

但这并不意味着我们要搅和到一起去，你能明白我的意思吗？可能之前大家看我们常常出现在各种灯红酒绿的交际场中，迎来送往很熟练的样子，但实际上这些姑娘，据我观察，都是个性偏冷的人，我们个性各异，因此都需要一些自己的发展空间。

关于“桃花扇”

谈话间，李香君手中的折扇吸引了我们的注意，那是一柄镂花象牙做扇骨，白绢做扇面的香扇，做工上等，扇面题诗曰：“夹道朱楼一径斜，王孙初御富平车。清溪满是辛夷树，不及春风桃李花。”恰与扇上朵朵鲜红桃花相映，衬得花瓣分外灼艳。

据传闻，此扇乃是侯方域赠予她的定情信物，还系着侯家祖传的琥珀扇坠，这不禁引起了我们的许多联想。如今，桃花扇早已成为了江南爆款，秦淮女子人人扇上绘桃花，世人称之为“桃花扇效应”。

我们将此事告知，换来的却是李香君的苦笑。她望着扇上的桃花，向我们娓娓道来了一段不为人知的辛酸往事。

原来，李香君与侯方域成婚后不久，便对杨龙友无偿给出的大额聘礼的来路产生了怀疑。他们只知这笔钱是杨龙友赞助的，却想不通他为什么要平白无故送这么多钱给萍水相逢的侯方域，更何况杨龙友本身也并非大富大贵之人，这笔钱又是从哪儿得来的呢？

见面一问，很快有了答案。

原来，所谓的“撮合姻缘”不过是一场政治戏码。魏忠贤余党阮大铖，因为其所作所为被文人厌恶攻讦，日子很是不好过。他为拉拢复社[1]士子，重立自己在文人士子中的形象，最终经结拜兄弟杨龙友之手，置办妆奁赠予侯方域，希望借由侯方域的名气，缓和自己与复社之间的关系，积蓄势力，待时机成熟后卷土重来。

侯方域被杨龙友忽悠得云里雾里，几欲松口，已经答应与阮大铖见上一面，这样的结果却遭到了李香君的当场反对。

“官人是何等说话！那阮大铖趋附权奸，廉耻丧尽，妇人女子，无不唾骂。”

“官人之意，不过是因他拿出钱财，为我置办妆奁，便要徇私废公。哪知道这几件荆钗破裙子，原放不到我香君眼里！”

说完这话，她当场拔簪脱衣，决然道：“脱裙衫，穷不妨；布荆人，名自香。”

侯方域和杨龙友都被李香君的刚烈气性震惊了，震惊过后感叹平康巷中的一娼妓尚且如此，朝廷学堂的士子更不能不知轻重，不辨忠奸。侯方域当即回绝了阮大铖的示好，并退回了大额聘礼。

怎料天有不测风云，李自成[2]攻占京城后，阮大铖等人拥立福王在南京建立小朝廷，专权乱政，因为聘礼一事诬陷迫害侯方域，逼得他远走异乡，后还逼迫李香君嫁给漕抚田仰为妾，依旧是杨龙友做了这个中间人。

“那侯方域避祸逃走，不知去向，设若三年不归，你也只顾等他吗？”大祸临头，杨龙友情急发问。

“便等他三年！便等他十年！便等他一百年，只不嫁田仰！”香君言语铿锵，一如当日拔簪脱衣的烈性，两相挣扎之下，香君以头撞向卧榻，血喷满地，溅在了桃花扇上。

……

“后来多亏杨老爷将血迹添上枝叶后绘成了桃花。桃花薄命，顺水飘零，恰似我一生的写照。”李香君轻抚着桃花扇的扇面，“这便是‘桃花扇’的来历。”

① 复社，明末文社。众多文人士子因为共同的文学爱好和政治目的集结在一起而形成的团体，在当时复社成员遍布各地，社会影响极大。

② 李自成，明末农民起义领袖。李自成起义是明末农民起义的重要一方，李自成攻克北京，明思宗朱由检自缢于煤山，至此明朝灭亡。

即便时过境迁，与旧日的情郎也不再是恋人关系，提起这段经历时，李香君依旧无限唏嘘。

比起八卦小报上的种种演绎，我们更愿意相信，李香君当日捍卫的，不只是一段坚贞不渝的爱情，更是自己无法抛却的尊严和骨气。

“他们”眼中的李香君

南明弘光皇帝：李香君？记得记得。当时崇祯帝吊死煤山，南京臣民推俺为监国之主，群臣当中有个叫阮大铖的，会写戏本，最能讨朕欢心。只为一部《燕子笺》，他在秦淮河畔捉来清客歌妓数十人，扮上生旦净末丑，命众人来演这一出。

当中便有个叫李香君的，当时她化名李贞丽，明明演的是丑角，却掩不住本身的十分美丽，粉面桃腮，竟像是瑶台仙子一般。朕觉得演丑角实在是委屈她了，便赏她做了正旦，这可是全能 ACE 才能演的，这是对她最高的认可！可她却没半分高兴的模样，依旧冷冷清清。这女子，真是清纯动人不做作，唱起歌来又如同天籁，让人忍不住单曲循环。

朕还赏了她一柄桃花宫扇呢，只是后来乱军攻破城门，不知这美人流落到哪里去了！可惜可惜！

某不知名龙套副净[①]：一个爱耍大牌的过气女明星罢了。在薰风殿中为当朝皇帝演出，对我们曲艺人来说，这是多么无上的荣耀。可这个李香君，竟还托言什么“雪里跌了一跤，来不了了”，狂什么？不就是长得俊了点，戏唱得好了点嘛。我就想非得给她点颜色看看，这才将丑角的位置安排给了她。

没想到……没想到她主角光环那么耀眼，还是被皇帝挑中当了女主角，皇帝还把典藏限量版的《燕子笺》戏本赏给了她。可李香君她那是什么反应？不

① 副净，中国传统戏曲中角色行当的一种，副净指扮演次要角色的演员，形象多为中年男性。

谢恩就算了，她还哭，边哭还边说什么“罢了，罢了！已入深宫，哪有出头之日”。您听，这不是炫耀是什么？

来，镜头对准我，难得有这样的机会，我想谈一下我的梦想，虽然在本剧中我只是个不知名的副净，但其实在我的内心深处，一直有个愿望，那就是演一回正旦。凭什么我就只能演副净？我哪里不如她？我不就是身高一米九，不就是有八块腹肌和满脸胡须吗？人家也有少女心的啊，希望各位大人能看看我，嫁给田仰我也愿意的啊……

（田仰：我不愿意，谢谢。）

李贞丽：作为古典文学中最良心的假母①，就没人来给我颁个奖吗？

不夸张地说，我可真的是把香君当成了亲闺女来疼。怕风吹着，怕雨淋着，从小教会她诗词歌赋，还给她报了琴棋书画的一对一特长班，专请曲艺大师到家里来教。

你骂我是在长线投资，将来还是要卖女儿的？这话我可不认。为了给香君找到一位称心如意的郎君，我没少东奔西跑，最后才相中了侯方域这个颜值与品行俱佳，才华与粉钞齐飞的好小伙。

你问彩礼？那当然还是要有一点的！毕竟香君是被我娇惯大的，怎么能跟穷小子受苦？但后来香君脱衣拔簪退彩礼，金珠到手轻轻放，我不是……也没说什么嘛！

你们这些看客，只道香君这孩子出身风尘，殊不知她身世可怜。她原本生在苏州的官宦人家，也是位娇生惯养的小姐。怎料天有不测风云，合家为阉人魏忠贤所害，家道败落，这才流落异乡。这般经历，让她如何对那些仗势欺人的魏党低头？

你问迎亲之夜，她撞晕之后是怎么从田仰手底下脱逃的？您还真是发现了

① 假母，鸨母。

盲点。当日田仰命人怒气冲冲上门抢亲，聘礼财帛虽厚，妈妈我倒也可以不放在眼里，可那伙莽夫，惹急了竟要动手杀人的。我们实在招架不住，没办法，只得将挣扎的女儿绑起来，替她穿衣梳头，预备抱她下楼。只道全是命运捉弄！可香君偏偏是个烈性的，竟一头撞上了卧榻，将花容碰了个稀烂。

我见她如此，不忍再逼迫，便唤丫鬟将她扶到卧房里安歇了。但外面气汹汹逼得紧，事情总要解决，我又没了主意。

这时杨龙友出了个昏招，他说："娼家从良，原是好事，况且嫁与田府，不少吃穿，香君既没造化，你倒替她享受去。"

事急从权，没法子，老身仓促入了丫头教，四十出头演少女，多亏姑奶奶保养得好。倒也没什么违和感，就是总能听人议论，说这个李香君胶原蛋白流失得有点厉害！

对了，我那三百两银子的存款还锁在楼上的保险箱里，可替我看好，别被人趁火打劫偷走了！

（杨龙友：放心吧，都给你留着呢。）

"人设"两极反转？

Q：这些年发生的种种，展现了您骨子里"飒"的特质，这种特质为您圈了一大波粉。但也有人说，这与您早期妩媚娇柔的人设形成了很大反差，甚至有部分粉丝直呼幻灭，说您"人设崩了"。不知道您是怎么看待这种说法的呢？

李：我看都不看的（笑）。不管你怎么做，怎么解释，都不可能让每个人都对你满意，这个道理我在很小的时候就懂了。或许我真正能做的，就是忘掉自己是公众人物这件事，不刻意去塑造什么，凡事遵从自己的本心，只走自己认为对的路。

现今大家看待他人的角度都太片面了，似乎就因为你身为歌女，就应该怎么怎么样，甚至有人把"商女不知亡国恨"挂在嘴边，草率地去攻击他人。但他们忘记了，每个人都不是只有一面的。

作为女孩子，我固然有柔的一面，希望被保护，渴望爱情；但真当危难来临，涉及原则问题时，我也绝不会退缩，这才是我李香君。

如果诸位宣称是我的粉丝，却连这一点都无法理解的话，那么我明确告诉您，我不需要这种喜欢。如果您想追随的人是个如人偶一般，只知逆来顺受的漂亮花架子，那您大可以再寻一位新墙头。您想要的这种姑娘秦淮河畔多得是。

与才子侯方域的未了前缘

Q：您与侯方域曾是天下人眼中的神仙眷侣，想当年，你们分开后历尽重重艰险才走到一起，实属不易，却在重逢后突然宣布分手。对于这件事，您后悔过吗？

李：既然决定了，就不会后悔，我想方域也一样。我与他相识于草长莺飞的阳春三月，彼时大明朝江山尚在，平康巷中正作盒子会，热热闹闹，花团锦簇。我于楼上吹笛，他驻足望我，一见倾心，徘徊不去，我用冰绡帕子包了樱桃掷他，自此这段尘缘便结下了。

方域这人哪里都好，行正坐端，有才有情，心怀家国大义，待我又温存体贴……只是有一点，处事总不够干脆。须知剪不断便会藕断丝连，心太软易生优柔寡断。白云庵中若不是张道人及时点明，他怕是犹缠在情网中，难以脱身哩！

李香君这般决绝地斩断情丝，莫非是因为，这份情在她心中的分量不够重？

你若这样想，那可就大错特错了。当日为了保护这份真情，我连死都不惧，但最后之所以选择与他分开，那是因为心中有了比儿女情长更加重要的东西。

我与方域不同，我出身烟花之地，每日只吟风弄月，不常念叨那些“舍生取义”的大道理。但在逃亡路上，我看遍了清兵烧杀抢掠，无辜百姓横尸遍野，血流成河，真应了唱词里那句“原来姹紫嫣红开遍，似这般都付予断井颓垣”。

国都亡了，又何谈家？这样的道理我还是懂的。史可法将军在前线以身殉国，血染扬州，我二人又岂能安心在这破碎山河中继续花前月下？

翅楞楞鸳鸯梦醒好开交，碎纷纷团圆宝镜不坚牢。前尘往事，便只当作一场旖旎旧梦吧。

选手资料卡

李香君[1]，原姓吴，明末时期人士，号“香扇坠”，是南京秣陵教坊名妓，秦淮八艳之一。

李香君出身官宦名门，但在她的父亲因为被魏忠贤党派的人诬陷而获罪后家道中落，李香君自幼漂泊异乡，一直跟随养母李贞丽生活，改吴姓为李姓。她歌喉圆润，算得上是天赋型选手，后期又跟人学习了各种艺术技艺，善弹唱，精音律，通诗词，名妓李香君之名闻名整个大明，再加上她的养母李贞丽仗义豪爽、知风雅，所以香君深受文人雅客追捧。

李香君是娇美女子，也有一身傲骨，虽流落风尘，但从来不自感轻贱。即使受尽战乱离散之苦，面对奸臣的示好和逼迫，她也始终能够坚守一颗忠义之心。

在乱世，她不再是活在名利场的名妓，她只是一名深爱家国的百姓，既普通又难得。

① 李香君真实人物身世众说纷纭，实难考据，本文人物塑造建立在孔尚任作品《桃花扇》中的李香君形象之上，特注。

42

REN WU PIAN 不负卿卿

文 / 满心如愿　星期六

本期专访人物

吴梅村 & 卞玉京

下期人物猜猜猜

本期专访我们请到了一对生活在明末时期的才子佳人，想从中探寻到一些不同于流言的真相，试图还原一段知名绯闻背后的故事。

对于吴梅村先生而言，家与国是一个永恒的悖论，个人与家庭之间的联结是不可打破的原则，而对于卞玉京小姐，情感是一个一生都无法消解的疑问，横亘在她与外界之间的，不只是家国更迭的恩怨，还有那一缕剪不断，理还乱的情感游丝。

以下为现场访谈实录。

本刊记者（以下简称记）：先请二位介绍一下自己吧。

吴梅村（以下简称吴）：需要吗？（笑）如果百年以后我未能青史留名，文坛与民间没有我的传说与话本，那我可以烧掉做过的那些文章和诗词了。

卞玉京（以下简称卞）：记者先生你看，文人就是这样自负的。我就从不指望谁能将我录入史册，我没有子嗣，亦没有多少族人，伎子是不入流的行当，倘若话本故事里还有昔年秦淮河上八艳的身影，那应当算我一个。

我是略识得几个字，爱画兰花图，与柳如是、陈圆圆等几位姐妹并称为“秦淮八艳”的卞玉京。

吴：这么说的话，那钱牧斋是我同道，我们私交甚笃，并秀于江南文坛。我就是写“恸哭六军俱缟素，冲冠一怒为红颜”“世人无限风波苦，输与江湖钓叟知”的吴梅村。

卞：是那个“水太冷”的钱谦益[①]吗？

吴：（尴尬）玉京……

卞：记者先生你晓得吗？当年他见我第一面，颇以此文人身份自得，谈起他的文作，神采飞扬满面得意。可那些同我有什么干系呢？我只想有个好去处托身罢了。

吴：（沉默）

记：不如聊一聊二位的初识吧。话本里的你们看起来美好又登对。

卞：嗯……初识，确也算得上是美好吧。

我年少时喜好附庸风雅，闲时也会画画兰花，只因我那单调乏味的生活里能称之为“美”的物什实在太少。常年困于屋室，看兰花画兰花，竟还为我挣得了些名气。我既是个爱风雅的，便也顺势有些性格，那些个满腹道德经纶、满嘴胡吹一气的我只当是草包，更遑论还有大把连道德经纶都没填上半分的稻草，我更不会去亲近了。

后来听姐妹们提起，才晓得外人都在传我性情冰冷不爱言笑，这可不是误会大了吗？我只是不爱与那些草包言笑尔。

吴：（微笑）“冷美人”——这就是我第一次听说她的时候旁人给她的代称。千金买笑，却难买卞玉京小姐美人一笑，有时一场饭局下来，她能冷着脸不展一次笑颜，仿佛永远不会高兴似的。多少人想博她欢心，可她一双美目一转就知道对方究竟有没有真才实学，这结识的门槛，不是一般的高。

卞：放到现在，应该会被定义成“炒作”吧。（转头对吴）后来你出现，我同你亲近，怎么看怎么像是双方合作，只是为了自抬身价呢。

吴：会吗？在我心里，这就是你的真性情。

卞：（笑，转头看记者）如果这就是登对的话，那我跟他便登对在这里了。

① 钱谦益，字受之，号牧斋，明末江南文坛领袖，柳如是为其妾室。明亡后二人相约同去投水以守气节，柳如是坚持自尽，而钱谦益到湖边用手摸了一下水，说“水太冷”，随即退走，放弃投水。

还是接着说初遇吧。

那天他要来，我是早就晓得的。吴大才子颇有些才名，连我这样守着一窗兰花虚度时日的小女子都知道他的名姓，江南仕子数得上名号的不多，他算一个。我与他筛酒吃，又同他谈起近日写的一些文章诗词，发觉盛名之下果真不虚，他是真有才华的。那时我便想，若能两心相倾，日日相对，也不失为黯淡人生里一点灵光，未来再漫长，也有了光彩了。

记：这么说二位相识不久，卞小姐心里已经有托付终身之意了。吴先生怎么看呢？

吴：我哪敢说话……不是，我是说，对那时的我而言谈这些还太遥远了。要把她带回家就意味着我要担负起她的一生，我爱玩，心里装的是诗文，是天下，是出将入相，儿女私情，不在其列。

记：听说吴先生之后还写了一首词来记录这次相见。

吴：嗯……

卞：记者先生，你以为我是什么时候梦醒的呢？便在这篇词后了。

那天我们相谈甚欢，席间我吃了几盅酒，借着醉意支起胳膊去问他可有意？我以为，他要么拒绝，毕竟我身份在这里，他嫌了我，我也没什么所谓；要么就同意，也算我没有白白交心予他。可你晓得他什么反应？他说他听不大懂我的意思！那时我便心底一沉，想着是了，他终归不是我的良人。再看他后来写的那首《西江月》，“臂枕余香犹腻……掉下一床花片”，我也是读过几篇文章的，这词到底写的怎么样，看一眼，不消多说了。他对我抱有什么样的感情，去看这篇词就好，又怎会“固为若弗解者”呢？

吴：（尴尬笑）

记：就在二位的这次相见之后一年，明亡，我想我们很难不去聊一聊这件事。请问对你们而言，这意味着什么？

吴：（叹气）人生识字忧患始，姓名粗记可以休。我时常觉得我与玉京之间的故事是从那之后才开始的，却也因此彻底结束。

卞：时也，命也，可一切终不过是个人选择罢了。

吴：是，不同的选择导致不同的结果，我晓得。我们后来的两次相见，不，仅那一次相见，都愈发使我明白，我与她的命运都被一股强有力的外力更改了，并且再也回不到过去。我也终于直面了心底的那一分情感。爱过吗？爱过的。还能爱吗？再不能够了。感情是藏不住、绕不开的，这个道理我直到八年后才明白。

记：吴先生觉得绕不开，是……

吴：或者说，现在的我已经不会再回避这个问题了。我可以很明确地说，我对玉京的感情是真切的，没有作假。

卞：（笑）奇怪的告白增加了。

记：前面提起是两次相见，为什么又改口成一次了呢？

卞：（笑）就猜到你会这么问。我晓得大家会好奇那件事，毕竟那一幕实在是……有些尴尬。当时承蒙牧斋先生盛情，我本来是去了宴席的，尽管那时有着欢歌宴饮，但到底谈不上开颜，（转头看向吴）所以我未曾进去。

吴：（点头）确是如此。当时我在酒席间，我满以为你会进来见我，心里也生出几分不情愿，自觉见面也是无趣，倒不如不见，可牧斋请都请了。只是你左右不见人，是有些冷场的。那时你在柳小姐屋里吗？

卞：对呀。那时牧斋先生刚从清人桎梏中逃脱，你去看望，牧斋先生设宴欢饮本是出于庆祝，我去了像什么呢？况且我心里不愿与那时的你做“久别重逢”“破镜重圆”的老套情节。我所想的，你不是不晓得。

吴：是，但是……

卞：我不求你有文山先生[①]那般的气节，更不愿劝你自尽以全名节，可有些

① 文山先生，文天祥，初名云孙，字宋瑞，又字履善，道号浮休道人、文山。南宋末年政治家、文学家，抗元名臣，民族英雄。

东西，你我终归不同。

吴：终归，不同……

卞：你们三催四请，我岂会不知？我与你久未能见，又岂能不想？可是见面之后我们又能说些什么呢？在你们反复催请我时，我在如是房中如坐针毡，一遍又一遍想象着我们两人相见时的场景，除却尴尬与沉默，还会有什么呢？与其如此，不如不见。

吴：（苦笑）最后确是没有见的。

记：二位后来有一次真正的相见。

卞：你说吧。

吴：分别以后，她打探到我的消息，带着侍女来横塘找我。她为我鼓琴，向我讲起别后的那些事，我才意识到上次相见未成，并不是没有了情，而是因为个中缘由实在难述，三言两语，又怎能在宴饮之间细数分明。

记：吴先生写诗记录过这件事。

吴：因为确有几分感慨。我是文人，除却作诗写文，还能做些什么呢？心中种种思绪只好倾诸笔端了。

我与她久别重逢，其实仔细算一算，见面相隔的时日并没有很长，可人在太平年间日日欢喜，总觉得时光飞逝，而在乱世中辗转流离，片刻都是煎熬，更不消说这许多时日。分别这么久，我对她的模样早已记忆模糊，只余一点旧日里的印象。那时的她年轻貌美、气质清冷，如兰花一样幽静。

我在见面之前是已做了她不复当年美貌的准备的。可灯下瞧见她，我竟觉得她比先前更美了。或者也是我不再以容貌来判断妍媸了吧。对我而言，美成了一种情感的指向，简单地说，卞小姐在我眼里不再单单具有一种物美，而是有了作为一个独立的人，天然具有人格上的美了。

我在诗里写“坐客闻言起叹嗟，江山萧瑟隐悲笳”，可到了相较于诗，情感表达更加私人化的词里，我就写的是“姑苏城外月黄昏。绿窗人去住，红粉泪纵横”这样的句子了。她现在很好，我也仍然活着，但我与她之间就到此为止了。

我永远不可能回到曾经的吴梅村，玉京也不再是我的玉京。她将是清修的卞玉京，要去经文里寻找“云生结海楼”这样的奇景。天堑横亘在我与她之间，说什么“不负卿卿”……奢谈罢了。（叹了口气）此生，终负卿卿。

卞玉京：当我们谈论情，又不只是情

访谈过半时，吴梅村先生因为一些事情需要暂离采访现场。于是我们有了单采的契机，从而拥有了一段与卞玉京单独对话的时间。

吴先生离开后卞小姐显现出了一种别样的情态，她像是卸下了某种面具，又或者这才是她原本的面貌。

我们谈到了她坚持不着清时衣装的态度，以及彻底离开那个属于歌伎生活圈子之后的事。

记：相较于对男子装束的严苛，清时对女子着装要求似乎没有什么过多的约束，也有更多的选择，但听说卞小姐依旧坚持着明时衣裙？

卞：是的，这是我自己的坚持，我是大明百姓，这一点并不因为朝代的改变而改变，只不过是我的国没了。至于女子的选择多，呵，可能因为我们女子向来是活在历史的缝隙里，不怎么被在意吧。没有人看见我们，自然也就不多做要求了。

好比同样是守节，梅村与牧斋先生却被逼得那样紧……因为他们身为江南士人领袖是一回事，身为男子被清人定下的规矩所迫却又是另一回事了。

有时候我会想，我能这样干脆利落地抛却闲情去守家国气节，是不是也有我是女子的原因呢？我只管我一口温饱，梅村却不然，他是要顾着一家老小二百余口人的。那时的他为了躲避迫害，带着全家人一气扎进了芦苇荡过活，芦苇荡虽十分大，但到底遮不住这许多人，也抵不住清人强迫出仕的压力。

剃发，留头，这个问题只能有一个答案，梅村他只是选择活下去而已。文山先生最后不也没有自尽吗？那样多读书人言辞激烈写信盼着他能自尽以全名节，他也没有遂了那些人的愿①。我想文山先生或许是从人生的虚无中悟得了大光明，乱世里要保全自己的精神，总得为自己找些寄托。在这一点上，我很荣幸能与文山先生产生一些微薄的共鸣。

记：是指你后半生选择清修独居的事吗？

卞：你没有说逃避，我应该感谢你。（笑）你明白我的意思。那时节，我一个弱女子，想要独善其身是很难的。我不愿着清人衣裳生活在热闹里，便只能做出取舍。我不要俗世里那些生活了，靖节先生②在《桃花源记》里构建出那样一种令人向往的方外世界，我在现实里找不到，就去远离俗世的深山老林里去找，我在惠山中的生活也没什么不好。在乱世，那样的生活很好，我不奢求什么了。

记：吴先生的诗你看过了吗？可以评价一下吗？

卞：自然是看过的。你要我评价……（笑）我可以说写得不够好吗？

记：反正吴先生现在不在这里。

卞：哈哈，还是不说他的不好了。毕竟在我看来，写诗时但凡有一点真心，那便是好的。真心真性情最是可贵。我待人如此，也希望旁人如此待我。

记：前面说到重逢这件事时，你并没有开口提及。是不太愿意吗？

卞：没有吧。不过是有些话当着他的面，我不想罢了。但总归要说的，以

① 文天祥被囚于元大都狱中期间，南方很多文人希望他可以自尽以全名节，还曾有人写文章论证文天祥应该自杀的数种理由，最后得出他必然会自尽的结论，以此为舆论来压迫。但文天祥始终不曾自尽，后于元大都狱中从容就义。

② 靖节先生，乃陶渊明，其字元亮，晚年更名为潜，字渊明，别号五柳先生，私谥靖节，世称靖节先生。东晋末杰出诗人、辞赋家、散文家，被誉为“隐逸诗人之宗”“田园诗派之鼻祖”。曾任江州祭酒、镇军参 ，最后一次出仕为彭泽县令，八十多天便弃职而去，从此归隐田园。

后你们这篇文章刊出来，大家也会看到的。

我知道自己变了。无论我的容貌、身段还是性情，都变了。家国破碎，命若飘蓬，怎会没有变化呢？朝代更迭，我们这样的弱女子不过是乱世浮沉一孤蓬，任谁都能来左右拨弄一下。

我遭人掳走过，幸而一路出逃；亦所嫁非人过，心底苦闷。在我身上发生的事几乎就是当时女性的一个缩影，是非常可悲的。可他写的那些诗——我是说《琴河感旧》，很有名的，记者先生定然读过吧。

他在诗序里写："江头燕子，旧垒都非；山上蘼芜，故人安在？"不瞒你说，当时读到这里，我不知不觉就哭了。昔年种柳，依依汉南；树犹如此，人何以堪！我忽然便明白他当年的轻浮是真的，可一颗心也是真的，无论随手赋得的小词如何香艳轻薄，里面还都是有点真情在的。

时光荏苒，他是否悔恨当初，我尚不知，然而他的情意是这样真挚，我怎能不为之落泪？我是孤蓬飘萍，他又何尝不是？

我们聊了很多东西。感情嘛，自然是绕不开的，但我们谈论情，又不只是情。我为他鼓琴、弹唱，将之前的旧事翻出来新说，其中也有对以后生活的一些安排。或许我们心里都很清楚，像这样安宁的氛围，重逢对酌的机会不多了。这次之后，能再相见吗？这些都是未知的。

但我们仍然享受此时的相聚。我们是有过私情的俗世男女，亦是流离失散的旧日老友，既是老友，那便什么话都说得了。

你看他是怎样写我的，"依然绰约掌中轻"……我都不知道自己在他眼里是那样的。（笑）他笔下的我比我本人更生出几分光彩来，有时读他写给我的词，我都有些恍惚，继而自愧弗如。那是我吗？不是他想象的？毕竟我们久未见面，我的形象是不是在长久的思念中被他美化了呢？

哈哈哈，不好说，是不是？

记：如此说来，你很享受你们那段相处的时光，可以这么说吗？

卞：是吧。其实那时的我们都不算年衰，看着都还是康健的样子。若我真想，再续前缘不是没有可能。令我真正心痛的是我前所未有地、无比清晰地意识到，我们都被永远地改变了。就像梅村说过的，终究是回不去了。

孤蓬与飘萍，两个无依无靠的人，要如何抱团取暖呢？我与他好不容易两心知，到头来全无益处。当然，那时的我绝料不到这悲观的想法会成真，我只是活得清醒，明白不该给无望的生活添那哪怕是一分的盼头。我来横塘找梅村，我们见面了，交谈过、宴饮过、剖白过，像这样平和地谈论过去事、身边事、未来事，即便只一晚，足矣。

无论过去多少年，记忆中依旧熠熠生辉的，除却十九岁之前的生活，便是这次相逢。

记：如果重来一次的话，你们还会错过吗？

卞：嗯？我觉得会。但就这样也很好啊。我若与他相守，至多不过是牧斋先生与如是那样的一辈子。这个问题你过一会儿也要问他吗？

记：是的。

卞：（笑）那等杂志出来我一定要仔细看看他的回答。

吴梅村：她或是世界上的另一个我

单采开始之前，吴梅村先生非常出乎我们意料地表示，他想先自白一段。他说这是为了剖白心迹，还请我们尽量不要删改他的话语。我们尊重他的选择。

谈起与卞玉京的初遇与重逢，吴梅村表现出了一种惊人的自我剖析与坦然态度。就像是“我知道错了，但我下次还敢”这样的不加掩饰，吴梅村对于自己的内心不仅来了一场明白晓畅的表达，更不吝于分析，他将昔日那些隐秘的情绪铺陈开来，展现在了我们面前。

吴：读书人的傲慢——我是说，我承认，读书人是有些傲慢。千年以降，我们将这种傲慢美化成“傲骨”“气节”，就像是严苛遵守某种社交场上的游戏规则，无不是为了显示我们读书人与旁人是不同的。我们读过的文章做过的诗词使我们成为我们，可有时候我又难免会想，若我不再是我呢？若我生来是个女子呢？我会成为什么样的人？

然后我就知道了卞玉京，秦淮河上的歌伎卞玉京。我越是听朋友们说起她，就越是好奇，在旁人的话语中，她被形容成一块数九寒冬中凿出的河冰，有人说倘若有幸博得美人一笑，便能知道什么叫水解冰消，春风一度。她会作诗，她画兰花，她性喜幽静，她眼界奇高。

她有傲气。

记者先生，换作是你，你也会好奇的吧。

那时的我还年轻，对于这样的女子我太有兴趣了。并且我就是有这样一种直觉，她一定会同我言谈甚欢，我们会相处得很愉快。

同她的第一次见面跟我想象中的所差无几，她的美貌使我心折，她那句“君有意乎”令我心底狂跳，冷汗微惊。可除此之外再就没什么了，她很好看，但好看的东西对于我而言就是多看两眼，不必据为己有，亦不必说与她知。

不久之后，山河破碎。我从某种虚无的美好里醒来，在家国不再之时，忽然意识到那些灯下说过的情话对我而言有多么珍贵。我开始了无尽的逃亡与躲藏，在清人的高压围堵下疲于奔命……

有一天晚上我做了一个梦，梦见满树的杏花翩然飘坠，我站在树下，回想过往二十年那些风流潇洒与落魄艰难，直觉人生无常。那一刻我忽然很想听玉京为我鼓琴，唱她最擅长的曲，好像这般，就能暂时远离所有的愁苦。

但我身边只有杏花斑驳的树影，月色幽寂，四下无声。一股巨大的游离感令我心头一痛，明了这就是真实，而我必须面对。

牧斋宴上那次算不上相见的相见，正如她所说，是一种尴尬。牧斋遣人三催四请，她先是说她要梳洗更衣，过了一会儿又说是身体不适，我一开始还信了，心绪难免雀跃，可左等不来右等不来，初时心里那点欢喜逐渐在等待中消磨，渐渐变成了某种无奈。她在躲我吗？怨我的真心吗？或者只是单纯不想与我见面。谁知道呢？在那段好像被无限拉长的等待时光中，一切仿佛都静止了，只有她在我脑海中反复显现的模糊身影，是那样生动。

我也是从那一刻起才恍悟，我其实是爱着她的。我怀着真挚的、热切的心情，想要再看她一眼。

记：你前面也说，开始时你对她并非真心。

吴：一时兴起去园中赏花，你会记得这花的名字吗？那花是极好看的，可就算再好看，你将它摘了，也便不好看了。

那时的我就是这样的想法。（笑）很轻浮，我知道。方才她在时我不好开口，这么同你说吧，后来的我有了悔意，那又如何呢？于事无补。情到浓时她一颗真心就这样搁在我手上，是我自己没有接住。有些话，当时不说，错过了就是错过了。

记：是时间使你有了变化。

吴：不如说是时间让我们都有了变化。大环境的改变使我们各自在动荡飘摇的风雨中失语。横塘秋夜再相逢，她一身道袍，这几年发生的事情和着琴声娓娓道来，眼泪如断线珠子一样落下，最后泣不成声。千年前白乐天也曾面对过这样的场景，而于我，则更能与眼前鼓琴之人感同身受。同是天涯沦落人，我的辜负，她的回避，尽皆消融在这片琴声里，凝成四目相对时的一点泪光。

后来听说她选择在无锡惠山里幽居，十几年如一日不改其志。我与她的最后一次相见……是我去看她的墓。卞玉京，那时她是叫这个名字的。

玉京在山中居住的那一方屋室极其幽静，我想象她在此生活的模样，她抄经、画画，独自生活，想着想着，内心反而获得了平静。时间愈是久远，我便愈是反复描摹我与她相处的点点滴滴。

她会否是一面镜子让我认清了自己，或她就是世界上的另一个我？在她身上，我看到了自己人生的另一种出路，如果我坚持不仕清廷，如果我坚持逃避现世，最终可能就会构建一个梦幻的桃花源。

记：有没有想过，如果重来一次，你们还会这样错过吗？

吴：哈哈，世人觉得我与玉京是遗憾的错过吗？

我没有这样想过。真的，我从没想过再来一次。首先重来本身就是妄想，再一个就是即便重来，错过的还是会错过，遗憾的还是会遗憾，历史是没有办法更改的，只能被铭记。我写过的诗留名青史，她亦知晓了我的情意，我的心愿完成。

抛开所有愁苦的底色再回看，总能从晦暗之中发掘出一些光彩。

如果一切可以重来

访谈接近尾声的时候，吴梅村先生又出去了一趟，回来时买了几瓶水，还有一杯奶茶。水给了工作人员，奶茶给了卞玉京小姐。玉京小姐一边抱怨着奶茶发胖，一边用纸吸管戳了好几下，没有弄开，但也没有主动向吴梅村先生求助。

吴梅村先生却极其自然地将奶茶接过去，三两下戳开封口，再递回到卞玉京小姐手中。卞玉京小姐便流露出一种小儿女一般心满意足的神态，双手捧着奶茶杯，小口啜饮起来。

如果一切可以重来，眼前这两个人或许更愿意做一对俗世男女，而不是话本传奇里命途多舛的才子佳人。俗世男女大概不会被记录进青史之中，却能比那些轰轰烈烈多些平凡的安宁，于村头溪边看稚龄小儿浣纱垂钓，不做乱世里流离的飘萍和孤蓬。

可回首半生，明朝再多颠簸坎坷，吴梅村与卞玉京之间也不是一对怨偶，甚至于颠沛辗转后一朝两心知的至交。这么一看，一切或许不必重来。在他们的故事里，诸多因缘均已写定，无须更改。

吴梅村写“薄幸萧郎憔悴甚，此生终负卿卿”，然而在那之前，首先是“灯前才一笑，偷解砑罗裙”。时间带走一切，但卞玉京生动可爱的那一面在他的笔下永远焕发着光彩，或也将在他的心中永远鲜活。

如果一切可以重来……一切不必重来。

选手资料卡

卞玉京，明末清初人士，又名卞赛，字云装，后自号“玉京道人”，与马湘兰、顾横波、李香君、董小宛、寇白门、柳如是、陈圆圆同称“秦淮八艳”。

卞玉京出身士族，虽在家族落败之后沦为歌妓，却为人清高，洁身自好。若歌妓也分等级，那么卞玉京就是站在顶端的那一批。卞玉京才情极高，诗琴书画皆通，尤其擅长小楷书法，更通读文史，见识非凡。她只有在遇见自己认可的人时，才会展露真性情。最妙的是微醺状态的卞玉京，飘逸倜傥而又不失风流妩媚，风华绝代。

卞玉京也是一个向往爱情的女子，但她一生的感情坎坷，所遇非良人。吴梅村之于卞玉京，可为知己，却并非可托付终身的伴侣。卞玉京与吴梅村分手时，正值大明国破，她在尝遍人世劫难之后看破红尘，与吴梅村见过最后一面后遁入空门以求心灵平静，隐居无锡惠山十余年后病逝，至死再未与俗世友人见面。

明朝穿搭，

飘飘袄裙，既要风度也要温度

时尚编辑 //瑶华　　画师 //米朱弗玄　　模特 //文俶

文俶，字端容，明末苏州女画家中的“领军人物”，以擅画花卉、昆虫、人物著称，被同时代的文人赞为“君家道韫擅才华，爱写徐熙没骨花”“三百年来推为独绝”。

文俶出身的文氏家族可谓家学渊源，她的高祖父就是赫赫有名的书画大家文徵明（野史里把他列为“江南四大才子”之一），父亲文从简也是知名画家。文俶的夫家同样具有浓厚的文化氛围，丈夫赵灵均是明末著名文字学家，婆母陆卿子精通诗词，文俶的画、丈夫的篆书和婆母的诗文被时人合称为“三绝”。

家庭的艺术熏陶，姑苏灵山秀水的浸润，让文俶的画作“极风致婵娟之妙”，画作一面世，人们就争相抢购，片纸单页都被视为至宝。文俶更以其才华和风度成为江南女子心中的顶级偶像，她们或是登门拜师，或是重金购买文俶画作朝夕欣赏，甚至有位爱好书画本名叫高静玉的女子为了表达对文俶的敬仰，改名为文静玉，真可谓“超级粉丝”。

全身搭配

琵琶袖对襟袄 + 无袖比甲 + 马面裙 + 暖额、鬏髻

在明末时期，文俶生活的苏州正是全国最为繁华的温柔富贵乡，当地的女子妆容、服饰也引领着各地的时尚，其他地方竞相仿效，称之为“苏样”。身为书香闺秀、高门贵妇，文俶的日常穿搭自然透出浓浓的书卷气，于华贵中见淡雅，于细节处见格调。

冬装，很容易就穿着臃肿，很不易出彩，但文俶就可以做到既有风度又有温度。

雍容华贵

竖领对襟袄+直领无袖比甲

上袄下裙是明代女子最流行的搭配。

袄裙的搭配可以从视觉上拉长身材线条，对襟的设计又有显瘦效果，形成窈窕修长的观感，充分体现出女子的静婉端庄。虽然女袄面料多种多样，在寒冷的冬季里最适合的还是质地较厚、织造工艺繁复的丝缎，袄内也要填充有保暖效果的丝绵。

在明代晚期，袄领造型已经不拘泥于明初时的交领，而是以竖领为主流，领口的小纽扣也要极尽精致这样，凸显出像天鹅一样优雅的脖颈。有心的姑娘们可能会注意到，真正的格调并不需要像暴发户那样通身打扮得金灿灿的，而是在细节间充分彰显巧思，衣着搭配的纽扣就是很容易被人忽略的一点。文傲提醒，纽扣的材质要和衣服的颜色相协调，她的宝蓝对襟袄饰是红珊瑚领扣，颜色的参差对照相得益彰，又呼应了外搭比甲的色调，倘若用祖母绿领扣，便要逊色多了。

超流行

质地较厚、织造工艺繁复的丝缎

10%OFF

织造工艺

丝缎/丝绵

虽然温婉的文俶一直强调服饰以不张扬为主，但从她的袄袖设计仍然可以一窥心机。大袖小口、弧形袖底的“琵琶袖”尤其适合冬日穿着。这种设计主要在袖根、袖口部位收紧，袖底较宽大，整个呈扇状拼合，既能在寒风袭来时做好手臂保暖，又营造出了广袖翩然的小仙女效果。在两袖和肩部精心织绣的纹样更是非常吸睛，这种装饰形式称为“通袖”，祥瑞图案是时下最流行的纹饰，例如文俶袄上的麒麟踏五色祥云图案，从肩部一直延伸到袖口，堪称高端大气。

如果想要踏雪寻梅、扫雪煮茗，为了抵御料峭的寒意，添一件自带“暖心”效果的比甲是再合适不过的。比甲起源自元代，是一种对襟直领、前短后长的马甲，无袖无领、两侧开衩、下摆及膝，和袄、裙搭配更能显示出叠穿的层次感。冬季的比甲因为需要保暖效果，袖口以皮草缘边，显得暖意融融。文俶的这一身，大红比甲和白色毛皮缘边，两者搭配是强烈的对比色，如同红梅覆雪，意趣非常。

行步姗姗
织金马面裙

晚明时期，女裙的配色从明代中叶的艳丽回归到素淡，文俶穿的素白妆花缎长裙就体现了这一特点，和色彩较为浓郁的上装形成映照。但看似素净的面料也充满了小心机，最流行的“织金”工艺为裙摆平添了奢华之色，层层金线织就的纹饰与裙幅面料的光泽交相辉映，熠熠流光时隐时现，穿上它，满是“女神范儿”。

“马面裙”是明代女服里必不可少的时尚爆款，由名叫“马面”的整面裙幅拼合而成，在腰头缝合之处打褶制作。“马面”这个有点“食草系”的名字其实和真马并没有关系，而是裙子的光面设计有点像城墙里的“马面”结构，故因此得名。

明末清初，江南地区流行穿“月华裙”，在洁白如云的裙幅上“画将七十二般色”，用各种颜料轻描淡画出精巧的图案，就像月亮周围的彩色光晕，尽显女子的弱柳扶风之美。清代后期还发展出了更为繁复的“凤尾裙”，将各种颜色的绸缎宽条拼合，每条上面都有绣花，再用金线将竖向的布条缝起，就像是凤凰的华丽尾羽。

漂亮的裙子是女子衣柜永远存在的单品。

细心的你可能会发现，文俶的发髻上罩着一座圆锥形的“网罩”，它其实是明代上到后妃、下到平民女子头上必备的鬏髻，材质根据佩戴者的身份地位有金丝、银丝、人发之分。

高耸的鬏髻配上两边垂下的长长云鬓，能够很好地修饰脸部轮廓，平添庄严雅致之感。不过，可不能因为戴鬏髻就不好好护理头发了！毕竟自己的真发才是鬏髻的立足根本。插戴在鬏髻周围的成套的簪钗统称为“头面”，根据不同的位置又分为挑心、分心、满冠、顶簪等，有的全套甚至多达二十多件，插上去之后几乎发髻都看不见了。

在鬏髻下面护住额头的毛茸茸抹额也叫“眉勒”，用貂皮、狐皮等珍贵皮草制成，价值不菲，“貂鼠围头镶锦袖”就形象地形容了它的制作。将它围在额头上，不仅没有暖帽的臃肿之感，还多了几分俏皮，让发髻的视觉效果格外饱满。因为这种抹额毛锋朝外，像一只伏着的兔子，人们形象地称之为“卧兔儿”。除了保暖，戴上它也不会破坏妆容和发饰的和谐，为南方女子的书卷气又增添了几分北国豪情，不愧是冬季最佳时尚单品！

暖意眉间
鬏髻下的“卧兔儿”

CHAPTER FIVE
MEI REN
Mei Ren
Feng H

ENG HUA

美人风华

娱乐新资讯

第五章

四大男神导师强势来袭

文 / 顾闪闪

赛程即将接近尾声，为了帮助选手们开阔眼界，进一步提高自身实力，最后一场赛事特别邀请了五位顶尖“巨星”，此番决战，将由他们来组建战队，带领选手们进行最终的比拼。

四大男神导师强势来袭，他们分别是：曹植、王维、苏轼和辛弃疾。四位导师都可谓才华横溢，大家风格多样，因此阵容官宣一发出，便引起了无数关注，多位热门选手都表示，已经在心中做好了选择。

为了壮大战队，将更多优秀选手收入麾下，导师们也纷纷各亮底牌，发出“招生简章”，向选手们投去橄榄枝。

你最想自己 pick（选择）的美人选手加入谁的阵营？

CAO ZHI 曹植

所在朝代　汉末三国

代表作品　《洛神赋》《白马篇》《七哀诗》等。

经典语录　没有人比我更会写美人，也没有人比我更会说感情。

导师简介

他是自带伤感 buff 的忧郁公子，亦是白马金鞍的翩翩少年，他有着与生俱来的清贵庄雅，也不缺少“捐躯赴国难，视死忽如归”的游侠气概。他生于波澜诡谲的名利场，却始终纯净而浪漫；他见惯了尔虞我诈、骨肉相残，却仍愿敞开胸怀，爱惜接纳每一位人才。“陈王昔时宴平乐，斗酒十千恣欢谑”是诗仙李白对他风姿的写照。

作为天下枭雄曹操之子，他本可以栖居在父亲的光芒之下安稳度过一生，但曹植却选择了突破，不仅仅是突破自身的桎梏，他还要打破世人对于文学的看法。“诗歌这样好的体裁，只作为乐府民歌用来讲故事，未免太可惜了。我想开辟出一个崭新的五言诗世界，在这里，文人墨客可以通过写诗来抒发内心深处的情怀。”这是他的大胆发言，更是他的理想世界。

诗、赋、书法、绘画，不管哪一种艺术形式，他都能驾驭得得心应手，也许这才是他圈粉无数的根本原因吧。在历史的长河中，曹植的存在是不可复制的，他与他所代表的建安风骨必将引领更多选手，找寻到诗的真谛。

名家助阵

曹操【曹魏王朝CEO，平乐①教育集团出资人】

他去做导师这个事情，我本来是不赞成的。继承我的衣钵，一统三国，做一把天下至尊的滋味不好吗？非要去搞什么文学。不过这也不能怪他，谁让他是我曹操的儿子呢？我们曹家人这一身无处安放的艺术才华呀！

不过要是不谈政治，我对这个三儿子还是相当满意的。我个人工作比较忙，平时疏于陪伴孩子，只能靠突击检查作业来了解他们的学习情况。彼时老三才十岁出头，但他的作业实在出色，我都不好意思包庇他。为了应付老爹，找个代写也不是什么大事，问题是他还不承认，跪地自辩道："言出为论，下笔成章，何必找代写？不信您现场考我。"不是我生性多疑，连亲生儿子都不信，只是这篇文写得太好了，根本不像青少年的水平。于是我立即召来几个儿子，让他们当场作赋，想不到这小子想都不想，援笔立成，文笔之妙，令人惊异。我请来他的老师，这才知道自己竟生了个天才。他年纪不大，却已读完了《诗经》《论语》和洋洋万言的辞赋，表现出了惊人的才华。

我本来对他寄予厚望，期待他在政治上也能有一番建树，谁料他偏科偏得厉害。罢了，毕竟天底下如我曹孟德这般的全才，还是太少见了……

曹丕【曹魏王朝指定继承人】

父亲，您可以看看我！我不偏科啊！作为家中的二儿子，我的压力不是一般的大，前有为保护父亲而战死的孝廉长兄，后有因文采惊艳世人的杰出三弟。在父亲眼中，不管是品德还是才华，我都自认不俗，但夹在当中的我始终不是

① 平乐，即平乐观，位于洛阳城西白马寺以北，曹魏时用以宴乐、校阅兵将。曹植《名都篇》："归来宴平乐，美酒斗十千。"

最拔尖的，因此即便后来是我继承了王位，一想到昔日父亲的偏爱，我还是忍不住嫉妒三弟。

虽然如此！但我要在这里澄清，《七步诗》[①]是完完全全的演义故事，是后世在造我的谣！我虽然不待见子建[②]，还在父亲面前说他坏话，更是将他数次徙封，但他毕竟是我一母同胞的弟弟，我怎么可能难为他[③]？况且同为文学家，我也肯定他的才情，没错，我是来替弟弟应援的。可他呢？不仅公然在作品里大吐苦水，还在我称帝的节骨眼上，披发素服为汉朝大哭，这不是在和我对着干吗？即便是这样，我也没有要他的命。和历史上其他手足相残的皇帝比起来，我这个骂名背得实在是有点冤。

谢灵运【旅行家，山水诗立派宗师】

替自己洗白的可以停一停了，子建身为曹氏子孙，却为汉室而哭，是何等的率直？虽然也有不少人认为，“三曹”水平相当，值得并称，但我和批评大V钟嵘[④]一致认为，上面那位和曹子建完全不在一个level。子建骨气奇高，辞采华茂，粲溢今古，卓尔不群。哪像有些人，除了“西北有浮云”那几篇以外，别的作品都写得跟闹着玩似的。

我还是那句话，譬如说天下的才情总共有一石，曹子建便可独占八斗，本人得一斗，剩下的一斗，就留给你们这些凡人随便分一分吧。

① 《七步诗》，曹植所作的一首诗。这首诗用同根而生的豆秆和豆子来比喻同父共母的兄弟，用豆秆煮豆子来比喻亲兄弟之间的残杀，诗人借由这首诗表达了自己遭受哥哥曹丕的迫害而感到心痛。

② 子建，曹植的字。

③ 《世说新语·文学》记载，文帝（曹丕）尝令东阿王（曹植）七步中作诗，不成者行大法（杀），应声便为诗……帝深有惭色。

④ 钟嵘，字仲伟，中国南朝文学批评家。

WANG WEI 王维

所在朝代	唐
代表作品	《山居秋暝》《渭城曲》《相思》等。
经典语录	诗中有画，画中有诗，我手中的笔就是我的心。

导师简介

他是痴情诗人，也是音乐天才，提起他的名字，你可能最先联想到的词便是“佛系”，他就是王维，王摩诘。作为一位精通诗、书、画、禅、音乐的多栖偶像，王维将自身的优势熔为一炉，真正做到了“诗中有画，画中有诗”。

值得一提的是，生在花团锦簇的大唐，王维的身上却有一种独特的气质，不同于国花牡丹，反而如秋水芙蕖，倚风自笑，意趣幽玄。他自称“一悟寂为了，此生闲有余”。为了更好地进行创作、感悟自然，王维在辋川建起别墅，隐居其中，每日洒扫洁净，他说身处自然，能够让他更好地与万物对话，自在呼吸。

相信选择这样一位与山水为伴的诗人作为导师，选手们必定能陶冶心性，获得启发，创造出更多的可能。

名家助阵

岐王李隆范【大唐音乐发烧友，皇室知名交际花】

求求不要再跟本王打听王维和玉真公主的绯闻①了，老老实实做个事业粉不好吗？想我王维大兄弟，业务方面是多么能打。九岁就会做文章，写得一手好草隶，绘画画成了南宗②开山鼻祖，作诗作成了七五律诗正宗，闲来无事搞搞原创音乐，直接把自己搞成了皇家音乐厅厅长。最气人的是，这些别人一辈子都难以企及的巅峰，王维成年之前就登了个遍，随意得甚至都不屑在山顶打卡留念。盛唐时期“五十少进士”的科举潜规则并没束缚住他的手脚，王维二十二岁便蟾宫折桂。《九月九日忆山东兄弟》，都学过吧？那是人家十七岁写的！

如果这就开始酸了，那阁下的心态还得再练练。王维不仅才华横溢，出身还好，他是太原王氏的嫡子、博陵崔氏的外孙，唐代五大望族里他就占了两家。如果这样一位公子哥，长得还帅，那是不是更刺激了？恭喜你捡到宝了，王维生得“妙年洁白，风姿郁美”，光看脸我们这些达官贵族都乐意和他一起玩。

本王在此强烈推荐各位选手加入王维的战队，试想每日和这位全才导师一起住住别墅，饮饮山泉水，焚香抚琴，顺便再垂涎一下摩诘的颜，这不快乐吗？但其他的就不要妄想啦，人家王维和发妻崔氏的感情好得蜜里调油，要不然能写出“红豆生南国，春来发几枝”这样的绝代情诗？

孟浩然【王维知己，一个不那么想隐居的隐士】

总算让我找到个机会，好好叙叙我与王维的交情。不知怎的，自我离京

① 据传，王维在求取仕途的时候，在岐王的举荐下得玉真公主青眼，而后顺利登科。两人交往甚密，真实的关系也扑朔迷离。

② 南宗，中国山水画派别，是中国书画史上的一种理论学说。

归隐之后，大家在我面前便都绝口不提“王维”两个字，仿佛我与摩诘有仇似的。诚然，我是在王维家里阴差阳错地觐见了皇帝，又因一句“不才明主弃”才搞砸了公务员面试，但这又不是摩诘的错[①]。事实上，我离京那日，王维还曾长亭相送，为我写下了一首《送别》，宽慰我道：“但去莫复问，白云无尽时。”我也以“欲寻芳草去，惜与故人违”相和。此后我们一直保持着密切的书信往来。

单看他作的那些诗句，什么“人闲桂花落，夜静春山空”，什么“行到水穷处，坐看云起时”，大家可能会误认为摩诘这人心境多么开阔，但作为他的老朋友，我却觉得摩诘这人纠结得不得了。他一生都在追求艺术与人格的完美，因而活得太过认真，但世间焉有恒常之事？照我看，在大唐诗人圈，最“佛系”的王维，反而是最看不开的那个人。

王缙【唐朝宰相，知名兄控，平定安史之乱功臣之一】

浩然兄算是说对了，人常说修道的想得开，信佛的死心眼，我哥哥就是那钻牛角尖的典型。安史之乱爆发后，我哥没能跟上先帝西幸蜀地的步伐，和众多朝臣一样，被叛军俘虏。偏偏他生得又俊，名声又响，在众多灰头土脸的俘虏中显得过于鹤立鸡群，一眼就被安禄山挑中，封做了伪官。我哥被迫叛变良心不安，赴死又没敢，这事自此便成了他一生最大的污点。

洛阳平复后，我哥和其他被俘当官的臣子一起，被记上了朝廷的小本本。万幸他虽骨头没那么硬，但还真没做过半点危害黎民社稷的事，加上本人为平乱冲过锋立过功，我便用自己的爵位作保，将他赎了出来。这事本来自此可以

① 据传，王维和孟浩然交情匪浅，一日孟浩然在王维居处饮酒，中途唐玄宗来访，孟浩然慌忙之中躲在榻下，被发现之后，玄宗听说此人颇有才华，便命其作诗，孟在情急之下竟背了《岁暮归南山》，玄宗听到“不才明主弃，多病故人疏”的时候便气愤地拂袖而去。

翻篇了，也没人怪他，但我哥这个人，自尊心太强。回来后就常常念叨“食君之禄，死君之难”“脱身虽则无计，自刃有何不可”。好好一个的大才子，像是非要把自己折磨成抑郁症才罢休。

早年丧父，中年丧妻，晚年又负国，我哥满腔凄凉再无处安放，只得将心绪寄托于青灯古佛前。但在我看来，我哥此番离开朝廷并非坏事，山水之间，云雾深处，或许才是最适合他的天地。

所在朝代	北宋
代表作品	《念奴娇·赤壁怀古》《水调歌头》《记承天寺夜游》等。
经典语录	吟诗唱词，喝酒吃肉，和朋友共游，方不负活着。

导师简介

和上面两位导师比，苏轼老师的技能点明显有点偏。他爱烹饪，出版过字典一样厚的食谱，是出了名的走到哪吃到哪。选择苏轼战队的选手们可以大饱口福了，因为他坚信，只有吃得好，心态好，比赛的时候才能发挥好。不管是价贱如土的黄州猪肉，还是巨口细鳞的苏江鲈鱼，又或是海南之地的肥美生蚝，到了苏老师手里，都能料理成令人垂涎的“东坡美食”。

他还精通建筑学，有道是“东坡处处筑苏堤”。熙宁十年，徐州大水围城，苏轼亲自拿起工具，率领徐州军民蓄土石，积刍茭，筑起了两里多长的堤坝，守住了徐州城，也救活了无数当地百姓。在杭州任职期间，苏轼修筑了著名的苏公堤，至今湖中还留有“三潭映月”的石塔标志。这不？前段时间他又到岭南搞基建了，当地百姓一听苏东坡要来，都沸腾了，箪食壶浆夹道迎接，替他搞了三天三夜的欢迎会，把西村的鸡都杀尽了。什么叫国民度？这就叫国民巨星！

作为一名全才式的艺术巨匠，有人说，他的官职配不上他的实力，但苏轼却心宽得很。他说：“长江绕郭知鱼美，好竹连山觉笋香。”有那个时间绝望，还不如去吃美食然后睡个觉！

名家助阵

高滔滔【宋英宗皇后，苏轼全宋后援会会长】

来安利我们苏老师，那不能叫友情推荐，那是让更多无知路人有幸见识下“神仙”。作为东坡后援会的会长，每次巨星发新单（诗词），我都会第一时间购入，连夜安排管弦乐队和歌手，在宫中连日单曲循环。别管朝堂局势如何，上面对苏轼是升是贬，都不能影响他在后宫的热度。就拿我儿当今皇帝来说吧，别看他白天总和苏轼对家王安石打成一片，吃晚饭的时候，我可没少看见他沉迷苏轼的作品，举箸忘食。同样上头的还有我的丈夫、我的婆婆、我的孙子，也许还有我孙子的孙子……总之咱们这一家，是掉进苏轼的坑里出不来了。

但苏老师的人气可不只局限在皇家，“国民天菜”不是吹的。东坡诗文，只要一落笔，就会被争相传诵。有段时间，苏轼被贬，连带他的作品也成了“违禁品”，但这丝毫没有影响大家对他的爱，爱意竟越禁止越多，文人们都以收藏苏轼的绝版作品为荣，还会相互攀比数量。你不读苏轼文章，你就跟不上潮流，开口不谈苏轼文章，你在气势上就短了一大截。

苏轼的魅力还波及了时尚圈。他在开封时，发明了一种帽身加高，帽檐偏短的帽子，此帽由黑色乌纱制成，戴起来十分美观透气，加上苏轼人气加持，深受广大士大夫喜爱。节假日走到大街上一看，一色儿的高筒短檐，堪称“全员子瞻帽”。后来他被贬惠州，又发明了具有防晒功能的升级版竹笠“东坡帽”，去了海南后，又就地取材发明了“椰子冠”，直接带动了海南的手工经济……

马梦得【苏轼二十年老粉，资深站哥】

苏轼要组战队？那还等什么，赶紧报名呀！要不是我老马和美人沾不上边，我都想参加。自我介绍一下，我本是京城中一个普普通通的教书匠，生性不擅言辞，上司同事和学生们都不待见我，我本以为自己将会这样度过平庸的一生，直到苏轼的出现。

偶然一次机会，他在我家墙壁上题写了杜甫的《秋雨叹》，其中一句“堂上书生空白头”点醒了我，我不愿就这样徒然白头，当即辞职，成了苏轼的“职粉”，开始了漫漫的跟行程之路。

和上面这些大粉比起来，我在文坛完全没什么存在感，但被苏老师的嘴开过光以后，我也当了回名家——穷得出了名。苏轼说，我们景祐三年腊月出生的人，都命里带穷，天下论起有钱人，我排倒数第二他不敢排倒数第一。但我却坚信，以苏东坡的才情，他绝不会穷困一生。为此我当起了他的半个“经纪人”，一边为他处理各种琐事，一边联系到了黄州的有关部门，为他在城东申请到了一块坡地，用来耕种自足。可以说没我老马，就不会有后来的“苏东坡”。

我和苏轼常常互相调侃，等着对方“暴富”来养活自己。有时候他也会说我可怜说我痴，叹我白白跟了他那么多年。但我一点也不后悔，因为人生难得一知己，他苏东坡是真的值得！

XIN QI JI
辛弃疾

所在朝代	南宋
代表作品	《永遇乐·京口北固亭怀古》《清平乐·元夕》等。
经典语录	男儿到死心如铁，我的手，既能握笔也能拿剑！

导师简介

他是众多文艺小生中少有的硬派人物，这位哥哥拥有八块腹肌、健美大膀子和炯炯有神的深邃眼眸，手劲极大，既能帮姑娘拧瓶盖，又能弯弓射大雕。穿上战甲，他是少年将军，命世大才，军事谋略和武力值不亚于岳飞；退坐席间，他落笔豪迈，又不乏细腻妩媚，在文词上能与苏轼、李清照论个高下。

如果有哪位选手在拼搏路上遇到了坎坷，觉得累了，那就来看看辛弃疾导师吧！他会向你展现什么才是顶天立地的人。驰骋疆场，他百步穿杨，用兵如神，有席卷八荒之胆魄；困于江湖，他插秧盖房都是一把好手，也称得上妥妥的种田文男主。

某时某刻，他也沉醉于“稻花香里说丰年，听取蛙声一片”的安宁惬意，也曾迷失在“东风夜放花千树”的元夕街头，但作为一名宋人，辛弃疾没有一刻忘记过家国的屈辱和北伐的热望。面作朝廷的提防和漠视，他没有放弃，一次次上书，写政论，著兵法，花甲之年依旧擦亮刀剑，渴望着上阵杀敌。这样的一生，难道这还不够燃？

名家助阵

谢枋得【大宋狠人，辛弃疾暴躁战斗粉】

大家都闪一闪，我要开麦了。辛老师是什么样的人物？那是大宋开国以来，一顶一的高义之士，精忠大义不在岳武穆之下，就差在脑门上写明“侠之大者，为国为民”了。可为什么碌碌世人，竟没有一个能明白他的良苦用心？

想起这事我就生气！

想当年，辛公一少年书生，虽生于北境沦丧之地，依然能做到不忘祖国。弱冠之年，结豪杰，竖战旗，召集义士与金兵展开血战，直打得完颜亮无力南侵，死于北境路上，这是何等耀眼的战绩。以这样浩大的势力，他本可与将领们在北方拥兵自重，但他还是选择亲率十几万将士南归朝廷，为何？还不是因为他满腔赤诚，戎马倥偬，只为恢复旧河山。

适逢义军元帅耿京被杀，辛弃疾又率领区区五十残兵，直捣几万人的金兵大营，生擒叛徒张安国，后又彻夜奔驰返回临安复命。如此风姿，怎一句“鲜衣怒马”能形容？当时朝野上下，听闻这件事没有不动容而流涕的（不长心的除外），就连天子也为他鼓掌献花。

你们说，这么好的开局不去珍惜，这样忠肝义胆的能臣，朝廷怎么就不知道用呢？这要是放在太宗之时，辛公至少能坐到宰相的位置。可现在呢？在朝只让他当个区区从官，在外不过令他做江南一连帅①。这不是把金丝楠木当柴烧？哼，哪个明眼人不知道上面的人怎么想的，还不是殿上君臣只图偏安一隅，又忌惮他“归正人”②的身份？如此不辨忠奸，不分黑白，西北忠义之士的心都被寒透了。真乃朝廷一大过，天地间一大冤！

① 连帅，泛指地方的高级长官。

② 宋代称沦于外邦而返回本朝者为归正人，这是南宋对北方沦陷区南下投奔之人的蔑称。

陈亮【辛弃疾挚友，鹅湖[1]天团成员】

谁说不是呢？提起此事，我就替稼轩（辛弃疾，别号稼轩）心痛。

记得淳熙十五年，我与他在带湖相会，共商抗金复国大事，事后同游鹅湖，醉饮高歌。这一年他年事已高，病痛缠身，只有眼中光彩一如少年时，望着楼头飞雪，他对我笑叹“富贵千钧如发”，又仰天感慨“汗血盐车无人顾，千里空收骏骨”。我知他伤心至此，并非只因自身起落，更是在为国家破碎，半壁江山沦丧而愤懑。比起沉浸在温柔乡中的君王佞臣，生于沦陷地的他更能明白“遗民泪尽胡尘里，南望王师又一年”是怎样的凄怆。

范如玉【范邦彦千金，辛弃疾之妻】

所以这就是你们三天两头约他出去酗酒的理由？

你们又不是不知道，他这个人酒品不好，不喝还馋，一喝就醉，醉后还喜欢拿着笔到处涂鸦，满口胡话，抱着棵树都能唠上大半天。我也知道，他心里苦压力大，小酌怡情，所以刚开始也没太管他。但随着年纪渐长，什么糖尿病、龋齿病都随着酒精找上来了。想当年他追我的时候，号称军中小百灵，词写得好嗓门也亮，唱起情歌来引得多少小姐妹围观羡慕。现在你们再听听，他那嗓子被酒浸得就像烧焦的大铁锅。最近不知怎么，他还染上了嗜睡的毛病，打起鼾来好比天上在打雷，震得我好几晚没睡好觉。

就说前天，他又在葛园喝得酩酊大醉，最后是被人家用板车倒着拖回家的，一路上孩童们围着他又笑又跳，好不丢人。结果他一觉醒来，除了头有点晕，竟将这事忘得一干二净，还问我：“哎，我不是在葛家溪喝酒吗？怎么回到家

① 鹅湖，地名，位于辛弃疾住处附近，陈亮与辛弃疾是为至交好友，常在鹅湖相会。文学史上著名的朱熹与陆九渊哲学辩论“鹅湖之会”也发生在此处。

里来了？”他这人戒酒戒不掉，但认错倒挺干脆，每每对我解释，只有喝醉后，他才有机会踏上北归回乡之路，才能重回浴血奋战的吹角连营。如此，我也就舍不得骂他了。

在这里我想给有意愿拜入他门下的选手们提个醒，如果辛老师哪天旷工没来授课，不妨去酒馆找一找，在那里，你们或许能收获一枚烂醉如泥、高呼“杀贼”的潦倒阿翁。

舞台之下的惊天内幕

顾闪闪/文

总决赛来袭，昔日在这个舞台上大放异彩的美人们陆续离去，面对残酷的赛制和各朝各代的竞争者，最终晋级的只能是极少数。

据悉，节目组正在考虑是否从已淘汰的选手中选择几位观众呼声最高的美人，让她们有机会以复活选手的身份，与总决赛候选团的美人们展开比拼，争夺总决赛名额。但与此同时，也有几位人气颇高的美人因个人原因选择离开我们的舞台，这其中又有什么原因呢？让我们一同了解一下。

退赛篇

谋害皇子、服息肌丸、害死皇帝，“叛逆昭仪”赵合德到底还有多少黑料？ 沸 119899

汉成帝“暴毙在床”一事，无疑是绥和二年的首个惊天大瓜。消息一出，所有人都将目光聚集在了那对与君王朝夕相伴的姐妹花身上，更有人猜测，妹妹赵合德[①]就是导致成帝猝死的罪魁祸首。

赵合德自以嫔妃的身份出道以来，各种负面话题就没断过，狐媚祸主和陷害后宫妃嫔只是通常操作，更有传闻称，她和姐姐赵飞燕为了保持纤瘦身材，长期服用宫闱禁药“息肌丸”，不惜以身体健康作为代价来换取帝王的宠爱。

但即便这样，汉成帝刘骜还是将她捧上了天，不仅封她为昭仪，还在长安

① 赵合德，汉成帝刘骜的宠妃，与姐姐赵飞燕二人同侍皇帝，宠冠后宫，赵合德位及昭仪，其姐姐赵飞燕是汉成帝的第二任皇后。成帝对赵氏姐妹的宠爱逾越了礼制，如今留存的史书对赵氏姐妹的评价均为负面，称二人为红颜祸水。

一环以内为她建起天价豪宅昭阳舍，其奢华程度，非寻常宫室可比。非但以白玉为阶，黄金为墙，还用极其昂贵的明珠和翠羽进行室内软装，如此架势，不只出身贫寒的赵合德没有见过，就连之前的历朝历代也从未有过。

事发之后，成帝的御用医师曾向我们透露，这位君王虽然三观时常跟着五官跑，但素来身体强健，并无遗传病史和发病征兆，此番骤然离世，死因非常蹊跷。目前，嫌疑人赵合德已被掖庭监禁，正在等待案件的进一步审理。

近日，一段赵合德与皇太后王政君之间的对话自宫中流出，内容让吃瓜群众瞠目结舌。

“皇帝？不过是被我玩弄于股掌的婴儿罢了，谁不知道我赵合德宠冠六宫，古今未有。就凭你们，还想审问我？”

面对皇太后的盘问，赵合德似乎并没有表现出半分悔意，出言狂傲，令人心惊。

除此之外，更有知情人士爆料，宫中一直没有子嗣，也与赵合德有直接关系。赵合德倚仗着成帝的宠爱，不仅一次次强迫后宫妃嫔堕胎，甚至蛊惑成帝亲自下令杀死自己刚出生的孩儿，如此心狠手辣，令人不寒而栗。

对此，同一经纪公司的前辈赵飞燕出面表示，谋害皇子一事，并没有确凿证据，如今被接连爆出，完全是墙倒众人推，只凭所谓“知情宫人”的只言片语，并不能给合德定罪。并且她警告造谣者，立即停止这种侵犯名誉权的行为，否则将追究其法律责任。

目前，赵合德已被强制退赛，节目组将与大家一同关注事件的后续进展。

被曝与同组选手不和，李清照：不装了，我退赛！ 热 94658

与赵合德不同，李清照选手是主动提出的退赛。早前坊间就曾传出小道消息，李清照在现场表现高冷，与其他选手们并不交流。如今，她更是在个人主页上坦白，自己与大多数美人“没有共同语言”。

“倒也不是因为什么重大纠纷，说真的，我也喜欢和漂亮姐姐一起玩耍。”

面对我们的采访，李清照笑得释然，“关键有些所谓‘才女’挑偶像的眼光太差劲了，简直不忍直视。”

“你说她们喜欢谁的词不好，偏偏喜欢苏轼的。苏轼写的那能叫词吗？简直像是一个擅长写诗的家伙在强行填词，最后作出个四不像，徒惹人笑话，格式不齐就算了，音律也不通，唱起来累得人直咬舌头。欧阳修和晏殊也有一样的毛病，都是学问特别棒，词却写得不咋地。

“还有喜欢柳永的，说什么‘凡有井水处，皆能歌柳词’，流行就一定是经典吗？口水歌罢了，格调实在不高，只能在秦楼楚馆哼一哼。

“我的天，居然还有喜欢王安石和曾巩的！我承认，他俩的文章确实牛，但写起词来，那真是笑得我差点原地螺旋升天……

“爱好不统一还能忍，最让我想不通的是，竟还有因为心上人寻死觅活的。至于吗？在座各位谁能比姐姐我更懂爱情？可明诚[①]去了，我不照样好好活着，继承他的遗志吗？姐妹们，虽然我从今天起就要退赛了，但我还有一句话要留给你们——无论时代如何变幻，我们都要勇敢坚强地活下去，活出自己的本色。”

作为众多美人中最有个性的一个，李清照的发言引起了火热讨论。她本身对此不屑一顾，但这并不妨碍其他美人爱她爱得如痴如醉，此番李清照的离去，或将引发退赛狂潮。

复活篇

 # 太幸运难道也是我的错？“宫斗废柴”王政君[②]首次澄清黑幕传闻 沸 119899

“连宫斗都不会，凭什么入主东宫？”

“没有才艺就算了，连花容月貌都没有，这种人真的会有粉丝吗？”

① 赵明诚，北宋末年至南宋初年官员、学者，著名女词人李清照的丈夫。李清照与赵明诚的结合始于爱情，两人志趣相投，相伴二十八年始终情深，直至赵明诚在建炎三年病逝于建康。

② 王政君，汉元帝的皇后，汉成帝刘骜的生母，是中国古代历史上寿命最长的皇后之一，在后位（包含皇后、皇太后、太皇太后）时间长达六十一年。

“她除了运气好，还有什么本事呀？”

作为的后宫史上的最大赢家，王政君本该毫无疑问地挺进总决赛，但没有话题度和唱跳实力的欠缺，却让她的处境显得十分尴尬，这也直接导致她在半决赛中惨遭淘汰。

“我认为才艺和话题度并不是成为一位皇（太）后的关键，寿命才是，况且我还有好运护体，凭什么不能晋级？”面对这种窘境，王政君也显得十分委屈。

归根结底，这一切都是因为王政君一路走来赢得太“容易”了。从宫女到太子妃再到皇后、太后、太皇太后，历经两朝六帝，始终都有源源不断的资源送上门来，让人不得不惊叹，这个普通女孩的运气，实在是太好了……

一方面，许多人对她的躺赢表示不理解，质疑凭什么对别人来说铺满荆棘白骨的封后之路，在她脚下显得那样平坦，不用拼，风一吹就到了终点。更有黑粉嘲讽她，不过是“外戚夺权游戏中的一张牌”。

但另一方面，最近王政君也因为自己的“锦鲤”体质吸粉无数，粉丝们认为是她证明了“平凡女孩也能嫁入皇室，并成为皇后、太后、皇太后、太皇太后”的童话，王政君的身上承载了太多少女的美好憧憬。“转发这个王政君运气爆棚！转发这个王政君长命百岁！”已成了汉朝女性挂在嘴边的流行语。另外，近期怒摔玉玺、斥责王莽篡权一事[①]也为她增添了不少的好感度，不少业内人士断言，王政君复活有望。

① 公元9年，王莽篡汉，建立新朝，后派安阳侯王舜去向太后王政君索取玉玺。王政君怒骂王莽篡权，后遭威胁，她将传国玉玺砸到地上交出，为此传国玉玺还碎了一角。

无过被废，胡善祥[1]哭诉淘汰背后的不公遭遇！ 热 68658

“在比赛中，我并没有觉得不公平，但让我寒心的，是自家经纪公司的态度。”面对我们的采访，胡善祥神色凄然。

胡善祥被淘汰不久后，便有传闻称，她的退出，是在给大明朝另一位当家花旦孙氏让位。果然，没过多久，宫中便传来的废胡氏立孙氏为后的消息，官方给出的解释是“胡皇后无子”，但这个理由显然站不住脚，朝野上下纷纷怀疑此事另有隐情，均猜测是孙氏后来居上，介入了皇帝与胡皇后的婚姻。

“不是这样的，如今的孙皇后与陛下是青梅竹马，陛下早就有意娶她为妻，这也是我被签进来之后才知道的。”胡善祥向我们澄清，“但我想不通的是，既然他们早已两情相悦，又何苦让我横插进去，做那打散鸳鸯的木棒？”

这场因政治结成的包办婚姻终究没能善终。后宫波澜诡谲，生性纯良不争的胡善祥也难免被卷入旋涡，面对丈夫的冷暴力和情敌的处处针对，无所依傍的胡善祥只能一退再退，终于走到了被废后这一步。

目睹胡善祥所受的不公遭遇，大明臣民动容了，纷纷支持她，一路将她送进了复活赛。胡善祥后援团团长、明宣宗生母张太后告诉我们：“善祥这孩子就是太懂事了，为人谦逊、低调，不喜欢争抢，我那蠢儿子还是年轻，不懂得识人，我就不看好什么孙氏。”

在婆婆的鼓励下，胡善祥恢复了活力，她说，这一次她是“为了自己而参赛”，心态上较先前完全不同，面对观众时也比以前更加乐观自信了。

成为复活选手，意味着她将与进入决赛的孙皇后正面交锋，大明朝两位皇后的对决，注定火花四溅，让我们拭目以待。

① 胡善祥，恭让章皇后，是明宣宗朱瞻基的第一任皇后。胡皇后为人纯善，举止庄重，颇有贤名，但并不受明宣宗的宠爱，明宣宗更加宠爱孙贵妃。宣德三年，宣宗以胡皇后无子多病为由，命令胡皇后上表辞去皇后之位，后将孙贵妃立为皇后。胡善祥无过被废，居长安宫为道姑，赐号静慈仙师。与宣宗不同的是，宣宗生母张太后非常喜爱和怜悯胡善祥，即使胡善祥不再为皇后，也常召她来清宁宫居住。

八卦热搜榜

文 / 顾闪闪

热搜榜　话题榜　同城榜　好友搜

实时热搜，每分钟更新一次

1　王姝 我们是有一个孩子　沸　119899

同城榜　好友搜

子　沸

位　热

须替帝姬调查结果　荐

4　柳如是 不要在垃圾堆里捡男朋友　热

2　武媚回应上元之夜抢c位　热　87852

1 王娡 我们是有一个孩子 沸 119899

惊天大瓜！汉武帝生母王娡王太后发文承认，自己曾与前夫金王孙（化名）育有一女，且女儿早已及笄成家。

汉宫对外发言人表示，女子再嫁在我朝并不算什么稀罕事，王太后一事之所以一直不公开，是因为事情比较复杂，又涉及个人隐私生活，且王太后为人低调，无意占用公共资源。但如今这件事既然被曝光出来了，太后也无意继续隐瞒，只希望大家能理性看待，不要去过多地打扰女儿和金家人的生活。

据宫内知情人韩王曾孙韩嫣透露，王太后之母出身名门，家道中落后嫁与平民王仲为妻，而后生育了王太后。太后成年后，也被许给了一位姓金的普通农户，但太后娘娘生而高贵，自然不可能久留于民间，生下女儿不久后便由母亲做主改嫁先帝，之后才生下了当今圣上。

天子刘彻得知这件秘闻后显得十分平静，只问："怎么不早说？"并坦然将同母异父的姐姐金俗（化名）接回宫中，赐钱千万，赏奴婢三百人，公田百顷，封为修成君。

本报记者获悉，在得知修成君身世当日，皇帝陛下便亲自乘车来到了姐姐金俗的住所。金俗出身市井小巷，从没见过这样的排场，还以为是家人又在外面欠下了赌债，吓得撒腿就要从后门逃走，幸而被宫人及时拦住，后被搀扶着面圣。面对这个天上掉下来的姐姐，皇帝陛下表示心情颇有些复杂，但还是屈尊纡贵，紧紧握住了金俗的手，并与她亲切交谈，而后一同返回长乐宫面见王太后，一家团聚，场面十分温馨。

据传，根据真实事件改编的皇室家庭伦理剧《我的异父弟弟是帝王》正在紧张筹备中，高高在上的正统皇室和冒失平凡的姐姐一家将会擦出怎样的火花，确实值得期待。

早晚成为灰闺女

这种好事什么时候能轮到我？

58

此时一位靓妹路过

有一说一，想看这部剧哎。

32

2　武媚回应上元之夜抢c位　热 87452

昨夜，一年一度的上元灯会在长安举行，现场华灯大放，更有皇亲国戚云集，妃嫔命妇盛装打扮，争奇斗艳，热闹非凡。当晚有人注意到，一位名叫武媚①的宫廷新人竟独霸C位，站到了皇帝的身边，此事一出，立即引起了大唐民众的热议。按理说，皇帝身边的位置无疑是属于母仪天下的王皇后，即便不然，有资格站在那里的，也该是近期爆红的顶流美人萧淑妃。许多在场的民众都认为，资历不够的武媚无脑抢占C位，实在是认不清自己的身份。

今日清晨，武媚委托后宫特约发言人对站位一事进行了回应，她在书面回应中称："臣妾此前久居感业寺中，为国祈福，最近才刚刚入宫，见识浅薄，第一次见识那么大的场面，尚不知晓这些复杂规则，想不到竟无意中抢了姐姐们的位置，实非臣妾本意，还望见谅。"上元灯会主办人、当朝皇帝李治也力证："朕亲眼看见，媚娘是被挤过来的，非她本人意愿。"

但宫中的回应并不能让爱好八卦的大唐民众满意，有人猜测，武媚的突然走红，或许从根本上就是一场炒作，是王皇后有意提拔后辈，用以打压与自己同期的萧淑妃。更有匿名人士爆料，自己多年前就曾在太宗皇帝举办的上元灯会中见过武媚，那时的她没能出道，还是一个稚嫩的练习生……

贵圈八卦观察人

小题大做了吧，一个新人能成什么气候？

720

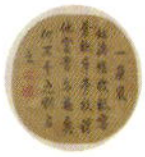

一个有远见的青年

弱弱说句，我觉得这个武媚没那么简单……

321

① 武媚，即武则天。武则天十四岁入宫的时候，唐太宗封其为五品才人，赐号武媚，后来唐太宗李世民驾崩，武则天作为没有留下子嗣的皇帝妃子，依例入长安感业寺为尼，而这期间，武则天与新登基的天子李治一直有所联系。待李治的孝服期一过，武则天便再度入宫。武则天回宫后，便迅速打败萧淑妃，获得了皇帝李治的宠爱。

3 大理寺通报女子冒名顶替帝姬调查结果 荐 41452

近日，“韦太后指认柔福帝姬为尼姑假冒顶替”一事，引发了满朝上下的广泛关注，大理寺对此迅速展开调查，现将有关情况通报如下：

经右治狱①调查取证，从金国逃回的“柔福帝姬”赵多富②确系尼姑张静善假扮。

建炎四年，在东都乾明寺出家的尼姑李静善偶遇柔福帝姬的贴身宫女，在交谈中她得知，自己与帝姬的长相颇为相似，又从宫女口中听闻了诸多昔日的宫中秘闻，李静善心知帝姬没有机会再返回宋朝，便起了歹心，为图谋荣华富贵，竟不惜犯下欺君大罪，冒名顶替帝姬入了宫。

本案重要证人韦太后情绪十分激动，称：“她哪里会是柔福？柔福已经去世很久了，还是本宫亲眼看着她的尸骨被收敛下葬的。当年，她与我一同被俘北上，先是被送往金人的营寨，又被赶到浣衣局。那段日子，我们同起同卧，受尽了苦楚，柔福还被嫁给了医官之子徐还，他也可以出面作证。”

其实，早前官家就曾怀疑过假“柔福”的身份，因为她虽然相貌与帝姬相似，但双脚又大又长，与帝姬的小脚相差甚远。况此前宫中也曾发生过冒充帝姬之事，但当时李静善的解释是，她们这些皇妃公主被掳北上后，每日都如牛羊般被金人驱使，常常需要光着脚行万里路，经过折磨的双脚哪里还能如过去一般娇小呢？官家被她哭诉得不忍，又因她能说出帝姬的小名为“环环”，甚至能准确道出许多宫闱小事及官家乳名，便没有再深入调查，直至韦太后回銮。

衷心感谢大宋民众对此事的关注，我们将充分听取朝野各方证词，慎重地

① 右治狱，宋官署名，属于大理寺，主要职责是审理京师百官或皇帝特旨交审的案件及追查的官物。

② 柔福帝姬赵多富，宋徽宗赵佶的第二十一女，母亲是懿肃王贵妃，其封号柔福帝姬。靖康之变后，帝姬与徽、钦二帝一起被俘北上，后在金国为婢求生。多年后逃回南宋，其皇兄宋高宗赵构封她为福国长公主。绍兴十二年，宋高宗母亲显仁皇后韦氏从金国回到南宋，同时指认逃回南宋的为假帝姬，于是宋高宗以假冒帝姬之名，将赵多富杖杀于大理寺，时年三十二岁。

对这桩宫廷重大冒名顶替案进行进一步审理。目前，案犯李静善已被大理寺依大宋律例羁押入狱，狱中她对冒名顶替柔福帝姬一事供认不讳，等待她的可能会是杖毙的极刑。

情迷元符三年

帝姬也能假冒？时代真的变了，大宋朝假的东西太多。

250

包拯唯粉（团粉勿扰）

为什么不公布细节？我觉得案件尚有许多不合理之处，仅凭韦太后一家之言，有失公正。

651

4　柳如是 不要在垃圾堆里捡男朋友　热 65417

本月，秦淮才女柳如是[①]受邀参加新一届《大明吐槽会》，“我见青山多妩媚，料青山见我应如是”的参赛宣言一出口，就迷倒了大片少男少女。作为一名有个性的女神级人物，柳如是凭借着超凡的诗学造诣和飒爽气质成功出圈。她既精通琴棋书画，也不惧浪迹天涯，这样可盐可甜的姐姐，自然追求者无数，但在节目现场，柳如是却坦言，自己的“姻缘运”相当不好。

“中原鼎沸，正需大英雄出而戡乱御侮，若我身为男子，必当救国图存，以身报国。怎奈我生为女子，流落烟花之地，连命运都无法自主。

“少年被卖为妾，夫死后又再次被卖，我漂泊江南，遇到了第一任男朋友，被称为‘云中三子’之一的宋征舆。征舆与我那老到入土的前夫不同，他年轻

① 柳如是，本名杨爱，字如是，又称河东君，因读辛弃疾《贺新郎》中“我见青山多妩媚，料青山见我应如是”，故自号如是。明末清初著名歌妓，聪慧好学，文学造诣高。柳如是有着深厚的家国情怀和政治抱负，得评价“其志操之高洁，其举动之慷慨，其言辞之委婉而激烈，非真爱国者不能”。

气盛，我不见他，托言：‘宋郎若果真有情，就请跳到水中等待吧。’他真是痴，那么冷的天，话音未落便跳了下去，若不是我赶紧叫人用长篙救他上来，他定是要大病上一场。

“但少年的感情又像烟花般短暂，我一介流莺，被郡守驱逐，无处可去，他却懦弱到不肯给我一个名分，甚至出言让我‘避一避，躲一躲’。”

不过柳如是可不是好惹的，她心灰意冷，挥刀斩断琴弦，干脆地为第一段感情作了了结。

“姐的第二个男朋友，是‘云中三子’之二陈子龙，他人倒是不错，就是家里早有妻妾。照理说这在我大明朝也不算毁三观，但他那妻子彪悍得很，上楼便追着我狂砍，我一想算了吧，没过门呢尚且如此，更不用说嫁到这家为妾。听说后来子龙以死殉节，拒不降清，倒是把硬骨头，算我这个回合没有爱错人。

“第三次，我决心跳出‘云中圈’，选择了明朝大儒钱谦益。他知我懂我，并且不顾世俗礼法，以‘匹嫡’方式将我迎娶回家，并取‘如是我闻’的语意，为我铸建了‘我闻室’。他爱我敬我是真的，但没有气节也是真的。婚后第三年，崇祯皇帝在煤山自尽，我力劝他保全大义，誓死不降，而他呢？明明与我约定一同跳水殉国，临了却摸摸池水，嘀咕‘水太冷，不能下’，竟率兵降清。实在是我错看了他。”

柳姐警告各位初入情场的小妹妹们：“千万别被爱情迷了眼，与人相守，要看他品行的最低处。不要在垃圾堆里捡男朋友！”

清风不识字

“水太冷”？这个理由还能再假点吗？心疼柳姐……

854

一条俊美的好狗

柳姐每天在想要找什么样的男朋友，而我是找不到男朋友，这就是差距吧。

765

最强流量苏小妹竟是一场骗局

揭秘跨越九百年的造星传奇

文·饕食七

近日，编辑部收到来自 ID“绝对不是秦少游毒唯”的文友实名爆料，说已经火了几百年的宋代顶流女文青苏小妹查无此人，只是一场来自古人的造星骗局。一时之间，网上议论纷纷，有痛心一腔真心错付者，有死心沉迷幻影装睡者，有开心不识此人吃瓜者……

今日，小编将带你走进最全科普梳理——苏小妹从成名到破灭的造星传奇。

苏小妹，名不详，表字不详，据传为北宋顶流文学家苏轼的妹妹。

虽然苏小妹的哥哥苏轼仕途不顺，但他却在文坛大放异彩，文恣意，诗夸张，词豪放，且写得一手好字，是北宋中期的文坛领袖。苏轼本人更是因为喜爱美食且言辞幽默的接地气人设，让大批后辈心生爱慕，将其奉为偶像。

开始苏小妹只是借其兄的名气，在各类以苏轼为主角的八卦小道小故事中当个配角，谁知道突然流传出“苏小妹三难新郎”的故事，顿时，苏小妹凭借故事中的聪明和独立，成为一众女性心中的偶像，也成为一众男性心中的女神，自此，苏小妹流量大爆。

介于部分吃瓜群众没有听过苏小妹事件，也没有看过苏小妹的代表作《眉山秀》，小编在此给大家简要介绍两件苏小妹的代表事件。

第一件事，是让苏小妹爆红的“三难新郎”，这里不得不说一下苏小妹的官方 CP 秦少游，这个人有一个读书考试党更加熟悉的名字——秦观。秦公子年少风流，在拜访苏轼大神的时候偶见苏小妹，惊为天人，一见钟情，于是就有了官方 CP 的喜结良缘。

苏秦结亲，这种大事件当然少不了各位八卦群众出击围观。却见洞房花烛夜，秦新郎官被丫头锁在门外，而新娘苏小妹在房里说出上联“东厢房，西厢房，旧房新人入洞房，终生伴郎”。新郎官一听，这虽然是考题，但也是小娘子的真心表白，感动不已，真情流露对出下联：“南求学，北求学，小学大试授太学，方娶新娘。”

苏小妹确认了秦少游不是个草包，还是有真材实料的，这才满意地开了房门，激动的新郎正欲揭喜帕喝交杯酒，搭着红盖头的新娘却侧身害羞躲开，再出一联：“酒过三巡，交杯换杯干杯，杯杯尽在不言中。”少游还没喝交杯酒，就犯了难，新娘的上联似是说酒，实为诉情，要对下联，不仅要寓意相符，还得衬得了这洞房花烛夜的暧昧氛围，为难许久，看到满桌佳肴，这才灵光乍现：“菜过五味，形美色美鲜美，美美都在心中留。”

喝过合卺酒，正是大家最期待的红烛新人浪漫场面，谁知道执手相看的小妹又出一题：“小妹虽小，小手小脚小嘴，小巧但不小气，你要小心。”一连八个“小”，把小妹的大才情和小骄傲的女儿情态暴露无遗。正准备一鼓作气的新郎官是又心动，又伤脑筋，看着小妹羞涩中带着狡黠的双目，心中爱怜，自然而然答道：“少游年少，少家少室少妻，少见且又少有，愿娶少女。”表明了娶妻的誓言。于是围观群众最喜欢的“从此幸福的生活在了一起”开始上演。

第二件事，就是小妹的明星兄长苏轼，和他被誉为嗑糖热度最高的非官方 CP 佛印之间的故事，小妹在各个版本的故事中都掺和了一脚。挑一个最不靠谱但是吃瓜群众吃得最津津有味的一个版本给大伙复习一下——“牛粪事件”。

据说一天佛印看到绯闻基友东坡先生的坐姿，说他像极了佛祖，东坡先生心里暗爽，再看佛印坐着，袈裟铺在地上，立即来了个调皮发言，称对方像坨牛粪，而佛印并没有反驳。越想越得意的苏家哥哥回到家，就忍不住把这事告诉了苏小妹，本是炫耀之意，但小妹一听，一番话如兜头冷水，泼了苏大才子一身。小妹嫌弃说道：“哥哥糊涂，佛家有经云‘心有所想，目有所见’，佛印心中有佛，看你也像佛祖，而你心中……”后面的大家都知道了，小妹嘲笑哥哥心中是粪，所以看人也像粪。机智的苏小妹不仅运用高超的技巧训了一下哥哥，还展示了自己的修养和学识。

当然，最后的研究表明，上述故事都是民间杜撰的。

接下来，我们来梳理下时间线：

南宋，初见小妹之名，无名氏撰写的《东坡问答录》提到，“东坡之妹，少游之妻也”。

明末前，苏小妹逐渐积累知名度，小有名气。此时在民间广为流传的佛印与苏轼的多个传说中，均有聪慧有才的苏小妹出场，且表现亮眼吸粉。

明末清初，冯梦龙的《醒世恒言》中的一则故事“苏小妹三难新郎”令苏小妹名声大噪。感谢老冯的推手，小妹瞬间爆红，成为文学创作者最钟爱的女性形象之一。

清代，小妹开始担任大戏主角。李玉的二十八集连续昆曲剧目《眉山秀》，以苏小妹为女主，描写了秦少游、苏小妹和侠妓文娟之间的三角恋情。因加入了王安石变法和东坡参禅等事件，半真半假，抬高立意，令剧中才华出众，有着七窍玲珑心的苏小妹又收获了一大票迷弟迷妹。

现代，造星骗局被揭穿，经各种史料查证，顶流才子苏轼没有妹妹，直系亲属中只有三个姐姐，苏小妹这个人物纯属杜撰。

对苏小妹的代表事件与成名经历有了了解之后，小编再来总结一下古人的这场造星运动成功的要点：

（各古代经纪公司看过来，敲黑板了！划重点了！）

（1）强大的 CP 魂。永远不要低估“我可以单身但我的 CP 必须发糖”的 CP 粉们强大的力量。可以说，苏小妹造星的起因就来源于 CP 粉们的遗憾。前面说过，苏轼没有妹妹，只有三个姐姐，但是前两位姐姐都早亡，比苏轼大一岁的三姐，小名“八娘”，气质温婉似苏母。极善文采的苏八娘十八岁出嫁，却婚姻不幸，在出嫁次年就亡故了。宋代网友对其才气出众，但悲惨早亡的经历心疼不已，越想越觉得八娘跟与苏家交好的才子秦少游才是天造地设的一对，于是有人开了同人文，最后渐渐就演化为了苏小妹。

（2）足够的噱头和身家背景。如果只是个路人甲的姐姐早亡，不会引起这么大的反响，但是故事发生在文坛大家苏家，父亲苏洵，儿子苏辙、苏轼，随便拉一个都是当时的文坛顶流，就充满了噱头，也就更容易引发群众的想象与兴趣。

（3）完美的榜样元素。苏小妹的身上，有历经九百年沧海桑田之后民众们仍然喜欢的品质。对于男性来说，她既有文采，又接地气，懂道理却会玩笑，貌美害羞，还一往情深，是最为理想的伴侣选择。对于女性来说，她在讲究理学的严肃宋代，是如此的活泼独特，她聪明又独立，在一众出色的男性家庭中没有被淹没，而是散发出了更亮眼的光芒，具有满格的榜样力量。

最后的最后，虽然“最强流量苏小妹”是个骗局，但是历史上像她一样聪明智慧、活泼独立的女性，却真实存在着，她们用各自独特的魅力形象，展现了独属于神州大地的美人风华。

美人们的
跨时空美食展示赛

文·顾闪闪

“今饪古烹调来五味成奇味，汉唐宋明汇集一堂有名堂。”欢迎各位来到《美人风华志》主办的跨时空美食展示赛的现场！本次跨越时空美食展示赛本着“友谊第一，比赛第二”的原则，旨在为每一位擅长厨艺的姑娘搭建一个开放自由的展示平台，传达各朝各代美食的魅力。

大家所处时代不同，生产力的水平也大不相同，因此比赛过程中咱们重在分享，严禁拉踩。如果哪道美食让您忍不住食指大动，就请在文末投上您宝贵的一票！

首先请允许我向大家介绍今天参赛的四位选手代表，她们分别是：

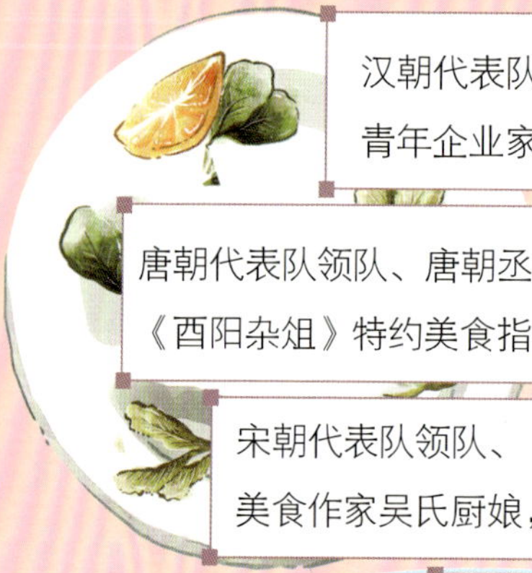

汉朝代表队领队、财阀二代、“当垆酒家”创始人、青年企业家卓文君女士，欢迎您！

唐朝代表队领队、唐朝丞相段文昌私家厨师、炼珍堂主厨、《酉阳杂俎》特约美食指导膳祖女士，欢迎您！

宋朝代表队领队、《舌尖上的大宋》总策划、美食作家吴氏厨娘，欢迎您！

明朝代表队领队、不怎么下厨但出了名的只要是见过的食物都吃的美食品鉴家玉堂春女士，欢迎您！

这样一看，我们的比赛还真是不得了，堪称汇集了各朝美食界的精英，相信接下来的美食展示环节定会精彩纷呈。

大家都已迫不及待想要品尝她们的独门手艺了吧。下面我宣布，比赛现在开始！请各位厨神各自拿出自己朝代引以为傲的菜品，进行展示比拼。

NO.1

一号选手

卓文君

参赛宣言

葡萄美酒夜光杯，炉盘烤肉好滋味。

第一个出场好像太吃亏，和后面几位姐姐端上来的东西相比，我们汉朝的美食略显单调，但这并不能说明我们吃得不好。

作为一个不能委屈自己胃肠的民族，为了把仅有的本土食材烹饪得有滋有味，我们汉朝人已经在吃上动了不少心思了。而且和先秦相比，我们的美食要丰富得多啦（没有拉踩的意思）。毕竟丝绸之路专线开通后，我们进口了大量的外来果蔬，不仅实现了葡萄自由，还吃上了果实如玛瑙般鲜红的石榴，“闲来一颗频婆果，从此郎中远离我”也成了人们的共识，不少姐妹表示，吃了这么多新奇水果，连皮肤都变得水嫩了不少呢。

出于守礼和讲卫生的目的，汉朝严格遵守分餐制，大家左手边放着大块的肉食，右手边盛着谷物主食，规规矩矩各吃各的。不同身份等级的人，连用餐频率都是不一样的，像普通老百姓，一日只能吃两餐，士大夫能吃上三餐，而万人之上的天子一天则要吃上四餐，也不知道他撑不撑得慌。

那么问题来了，咱们汉朝人具体都在吃什么？

主食方面，稻、黍、稷、麦、豆这五谷已纷纷登场，汉朝人还研发出了便于出门携带的“干饭”，成了名副其实的“干饭人”。在我朝，您能吃到的蔬菜不仅有黄（胡）瓜、葵、芥、韭菜，还能品尝到蚕豆、芋头、葫芦、茭白。调味料方面，酸甜苦辣咸这五味除了辣，汉朝全都有了，当然这说的也只是辣椒的“辣”，毕竟我们还是有“代餐”的——汉时胡椒已广泛进口并应用于饮食，胡椒也是带一点辛辣味的。此外花椒、葱、姜、大蒜、梅子、茴香和芝麻这些香料，也让汉人的盘中餐更有滋味。

汉朝人爱吃狗肉，开国大将军樊哙早年就以屠狗为业。有姐妹可能要感叹“狗狗那么可爱，怎么可以吃狗狗”，但很遗憾，在汉朝是没有《动物保护法》的，实在饿极了，您也可以打一只熊或射一只天鹅烤着吃。自从淮南王刘安炼丹不成点出了卤水，小葱拌豆腐也端上了汉朝人的餐桌，哎对，泡菜我们这时候也已经有了，就连用来卷菜卷肉的紫苏也已进入了千家万户。

为了加深大家对汉朝美食的了解，今天就由我为姐妹们推荐两种汉朝人最喜爱的美食，有感兴趣的姐妹可以点击下方购物车，咱们当垆酒家集团今天大出血，把价格都给大家打下来了，妥妥的“送货上门”。

第一款要向姐妹们介绍的美食，是大家所熟悉的烤肉。中华民族自古就有烤肉吃的习惯，到了汉朝，不管是烧烤的器皿，还是烤肉的方式都有了进一步的升级，口味称得上是五花八门。

喜欢吃三分熟的朋友，可以尝尝羌胡牌现烤炙肉，这种烤肉自西域传来，除了好这口儿的，一般中原人可能吃不太惯。羌炙讲究的就是个“生猛”，对于肉是否烤好的检验标准，是割下一刀尚能流出血水来，但凡烤老半分都不收你钱。如果您是全家人一起下馆子，那就更好办了，点上一只貊炙（烤全羊）或炮豚（叫花猪），围坐一堂，一手刀一手筷子，就着油脂滴落的“滋滋”声，谈笑间大快朵颐，这简直是皇室都无法享受到的聚餐乐趣。

炮豚的做法十分别出心裁，需要庖厨先清出猪的内脏，在猪的腹腔填满枣和各式调味料，再用黄泥涂满猪身，待烈火烤得黄泥干硬剥离，就可以尝到香喷喷的猪肉了。

不过汉朝最流行的烤肉方式，可不是以上几种——不知道是哪位天才，创新性地开发出了用炉盘烤肉这一吃法。你只需在家里备好一小只铁板烤炉，点燃木炭，待铁板变热，就可以开始烤肉烤鱼烤一切了，烤好的肉片肥瘦相间，香嫩不柴，如果需要分食，就用剪刀将其分成多块，再用夹子取出，将沾满蘸料的肉送入口中的那一瞬间，一切尘世的烦恼都将烟消云散。

随着香料种类的增加，燔炙（烤串）也流行起来，用红柳条串成的大肉串被架在火上旋转着，外焦里嫩，香飘百里，最后刷上盐、酱汁、胡芹，再撒上茱萸，用槽牙拽下肉块的那瞬间，堪称一口入魂。毕竟这世间还有什么事是比吃肉更幸福的呢？

单单是吃肉，不免有些单调，既然来到我卓文君的主场，就不能不品尝一杯香醇的汉酒。米酒、黄酒和白酒在汉朝已经很普及了，汉朝人家家户户饮酒，有道是“有礼之会，无酒不行”，朋友见面，不喝个痛快怎么行？

如果你足够有牌面，主人家还会拿出精酿的葡萄酒来招待你，这东西可精贵得很，试想这种进口水果，平常人家吃一串鲜果尚且难得，又哪里有富余的用来酿酒呢？我们汉朝的葡萄酒“甘而不捐，脆而不辞，冷而不寒，味长多汁”，不仅能够消暑解渴，还有美容养生之效，最重要的是不添加半点色素和防腐剂，喝的就是个原汁原味。

在座若有喝不惯烈酒的女孩子，那我这里还有甘蔗酒、兰香酒、莲花酒、李花酒，这些花果酒度数很低，口感类似果汁，入口又带有几分微醺，饮过之后，唇齿留香，沐浴后来一杯，还有助眠的功效。花椒酒和苦酒大家可能喝不惯，口味冲了些，建议谨慎尝试；有喜欢奶香味的，可以来上一壶挏马酒，也被称为马奶酒，此酒由马奶发酵而成，得到的乳酪滋味如酒，饮之亦可醉。

美酒配烤肉，甚美！

二号选手

· 膳祖 ·

参 赛 宣 言

切脍鲜美冻鸡滑，胡饼香酥入万家。

上一位怎么还做起带货了，果然还是格局不太够，要不然怎么很多美食在你们汉朝就有了，而真正火起来，却是在我们大唐。

就拿胡饼来说，它本是西汉时期张骞从西域胡人那里带过来的一种烧饼，又称胡麻饼，汉灵帝时期曾短暂地流行过，却在唐朝成了主食界的爆款。

我们唐朝人最爱吃胡饼，也相当会做胡饼。白居易就曾写过："胡麻饼样学京都，面脆油香新出炉。"走在长安的街头，老远就会被胡麻饼的焦香味所吸引。卖饼的胡商先会将一张麦粉揉成的大饼擀开，而后把剁得精细的羊肉臊子一层一层抹在饼皮之间，让鲜羊肉的油脂与麦粉的清香水乳交融，再在饼与饼的夹层之间佐以花椒和豆豉调味，这样烤起来的胡饼，咸麻交加，肉香四溢。

上好的胡饼，进炉前一定要浇上层油酥，这是饼皮酥脆的奥义。要想胡饼烤得好，掌握火候错不了，胡饼最好的出锅时机是在羊肉馅半熟之时，此时胡饼表面的芝麻恰在火炉之中爆出独特的香气，高温又催出羊肉的熟香，用油纸包好趁着烫送入早已垂涎三尺的客人手中，让人忍不住想当场咬上一口。

武周时期，就曾有位名叫张衡的高官，因为贪吃胡饼忘记了仪态，被人参了一本，失掉了政治前途，这真是好吃得“命都不要了”。

说到我掌勺的炼珍堂，就不得不提那道名菜——“翡翠冻鸡”。唐朝人做菜，不仅仅要求吃起来香，也十分重视口感。达官贵人们爱嚼脆弹的羊肚丝，也喜欢入口即化的鲜鱼切脍，牛肉脯和蹄筋自然极好，但普通人家怕是消受不了（在唐朝，食用耕牛是要坐牢的）。鸡肉烹饪起来，往往柴而乏味，为了让府中也享受到尚食局级别的爽滑口感，我几经实验，烹制出了这道名菜，现在就把做法分享给大家。

首先，取一只整鸡，在大锅之中煮透。为免美味流失，油脂外溢，整鸡出锅后要马上用油纸包好，而后放到井底冷却，锁住鸡汁的鲜美。同时，在刚刚煮好的鸡汤之中加入猪大骨、羊蹄及葱姜料，文火慢煨四个小时，再用纱布过滤，这样熬出的高汤色泽乳白，香味浓郁。最后，将熬好的高汤盛入方盘之中，掺以少许菠菜汁着色，再将井中取出的鸡肉脱骨，下到汤汁之中，静待鸡汤自然冷却，凝结成冻，食用时只需将其改刀成小块，即可端上餐桌。

作为荤菜中的绝品，翡翠冻鸡口感滑嫩，香而不腻，老少咸宜。阳光之下，汤冻剔透如翡翠，夹一片放入口中，首先感受到的，是鸡汤在口中慢慢化开的滋味，经过特殊烹饪的鸡肉又为滑冻增添了几分别致的口感，每每端上餐桌，顷刻光盘。

想学更多大唐私家美食？敬请关注我家公子的最新著作《酉阳杂俎》，提是我的粉丝打八折哦。

NO.3
三号选手

吴氏厨娘

参 赛 宣 言

点茶冷饮荔枝膏，餐饮美学少不了。

不过是做了几条干肉，就不要以为自己什么都懂了。你用白面洗过猪肚吗？用砂糖洗过猪内脏吗？吃过蟹酿橙吗？炒过爆米花吗？用樱桃叶煮软过如鞋底一样韧的大鹅吗？在非灯照环境下酱过生蟹吗？用薄荷盐煮过笋吗？世上有人情愿为你找齐八种草药为你糟猪蹄吗？有吗？

连这些烹饪小技巧都不懂，凭什么和宋人谈美食。

宋人在烹饪上，不仅仅做到了“食不厌精，脍不厌细”，最重要的是，在宋朝，伟大的铁锅诞生了，自此煎炒烹炸都成了可能，川鲁粤苏四大菜系也各自建立起自己的美食王国。要真报起菜名来，我站在这里三天三夜也说不完，建议去翻看我的著作《吴氏中馈录》。怕你们说我欺负人，今天就来带你们看看最普通的一日三餐，我们宋人都在吃些什么吧！

首先，清早起来，讲卫生的宋朝闺秀们会用牙香筹刷牙，做好口腔清洁，一日三顿饭才能吃得香。等洗漱过后，门外的早点铺也都在晨光中支起来了，咱们可以按照自己的口味来挑选，油条、烧饼或是来上一碗腊八粥。宋朝还要一种名字很好听的早点，叫酥琼叶，其实就是刷了蜜的烤馒头片，香香甜甜，咬起来酥酥脆脆，广受闺阁小姐们的喜爱。

偷偷告诉你，我朝还有个神秘的部门，叫作“蜜煎局”，主要工作就是研发各种花样的蜜饯干果小零食。这些小零食不仅精美好吃，名儿也取得精巧，什么酥油鲍螺、樱桃煎、顶皮酥、玫瑰酥饼，还有蜜浮酥柰花、碧玉糕、琥珀白果、西京雪梨、水晶皂儿、冰雪冷元子、冰酪、荔枝膏……光是名字就看得人口水都要流下来了。

点心吃腻了，不妨来尝尝秋天的第一杯“点茶”。宋朝人尚雅，“烧香、点茶、挂画、插花”被称为宋人生活的四般闲事。与唐人胡辣汤般的煎茶不同，我们宋朝人更喜欢先将茶叶磨成粉末，再用小扫把似的茶筅击打茶汤，打出“雪顶”来，这样点出的茶滋味纯正，茶汤美如“疏星淡月”，风雅至极。

为了宣传促销，茶馆的伙计们还练就了一手绝活，不仅茶点得清香好喝，还能够在茶汤之上写诗作画。在大宋的早市上，只要手头交子足够厚，你甚至可以来份宋徽宗同款瘦金体拉花茶汤。虽然这种典雅细致而又高难度的手法不能让茶更好喝，但是可以让点茶贵到一般人喝不起呀！

冒昧问一句，前面这些参赛选手应该没什么夜生活吧？真是不好意思，我们有呢。我们宋人不光没有宵禁，包里还有大笔的钱，这么好的条件，夜晚再宅在家里那可就太无聊了。

花灯夜游少不了吃吃吃，因此宋人的用餐习惯也由两餐改为了三餐，自此，罪恶的夜宵诞生了。如果你是和闺蜜们一起，可以在东京七十二家酒楼中包一个雅间，火锅炙羊肉热热闹闹吃起来；如果你是孤身出门，也不必担心形单影只，不妨一头扎进人群里，去勾栏瓦子间看看杂剧和杂技，再配上一杯冰凉可口的果味“饮子”，就能体验传说中的人间极乐了。

有别于前面那些烹饪只为“吃饱”的朝代，我们宋人更加注重“吃好”，对一桌菜都要求色香味俱全。这样的美食需要细腻的心思和卓越的审美，因此越来越多像我一样的女厨师开始在美食界大展拳脚。不论贫穷富有，甚至你可以不会一点针线活，只要你能做出一道好吃的卤味，能熬好一锅甲鱼汤，你就能成为东京男士眼中的女神，未来公婆心中的完美儿媳。即便不为了这些，烧得一手好菜，把自己的生活质量提上去，也是蛮好的嘛。

不仅要吃好，更要吃的风雅，这才符合我们宋人的生活哲学！

四号选手

玉堂春

参　赛　宣　言

果盘卤煮麻鸭烤，市井美味吃到饱。

不是吧，不是吧，没有辣子的菜能好吃到哪里去！没错，川菜的灵魂辣椒，就是在我们大明朝的时候才从海外传来的，一样远道而来的还有西红柿、马铃薯和玉米。在之前的那些朝代，你想点上一份最家常的西红柿炒鸡蛋都是奢望，还谈什么龙肝凤髓！

在我们大明朝，美食界鲜明地分成两大阵营——宫廷派和民间派。也就是说，不仅皇帝妃子能享受到山珍海味，就连普通的贩夫走卒，只要口袋里有铜钱一吊，都能在酒楼中点上一桌上佳的酒肉，坐下来大快朵颐。

宫中吃得更精细昂贵，那自不必说，光负责膳食的官员就有十多名，另设有汤局、荤局、素局、点心局、干碟局、手盒局、凉汤局、水膳局，每日变着法地给皇帝研究好吃的。

御膳房还擅长酿酒，冬季的北京不比南京暖和，尤其需要喝上一盅新烫的热酒。据京中来的大人们说，宫中光美酒就有数十种，有秋露白、寒潭香、荷花蕊、佛手汤、桂花酝、菊花浆、芙蓉液、君子汤、兰花饮、金盆露等，都是各地官员进献的佳酿，风味各有不同。只可惜这些美酒都是皇帝一家独享，我们就只能闻其名，不能知其味了。

但也有一种美味，贵人食之不为贱，穷苦人想吃到也很简单，那就是鸭子。明朝全民爱鸭，全国的厨子每天都在忙着抓鸭子。抓几只？不知道，总之没有一只鸭子能活着飞出大明。

据说，洪武皇帝在登上皇位之前，就酷爱烤鸭，后来他建都南京，自然也就把这一爱好带入了宫廷，而后传遍了天下。南京民谣有云：“古书院，琉璃塔，玄色缎子，咸板鸭。”说的就是当地的几大特色。

正宗的金陵盐水鸭必须选用南京特产的麻鸭，与肉鸭不同，这种鸭子每日以鲜鱼虾为食，所以皮薄柔韧，精而不肥，将身材控制得十分健美。每年八月，是吃盐水鸭最好的时节，此时正逢满城桂花飘香，仿佛鸭肉也沾染了桂花香。

经验老到的厨师会挑选肥瘦适中，体重不超过八两的麻鸭，洗去血水后，用炒熟的花椒、五香粉、盐等作料填满其肚腹，再把整只鸭用清卤酱料腌上一晚，次日清晨取出已入味的鸭子，将它放入沸水中焖煮，沥去汤汁后即可装盘切分食用。这样做出的鸭子，鸭皮玉白油润，鸭肉清香嫩滑，怎一个“鲜”字了得？

明朝人不仅吃盐水鸭，还吃烤鸭、板鸭、鸭肫以及各种鸭货，真可谓“无鸭不成席”。后来明成祖迁都北京，北京也有了具有当地特色的烤鸭，据说滋味道还不错，或许有天能成为中华民族的一道标志性名菜呢？

孟夫子说：“饮食男女，人之大欲存焉。”我们明朝美食尤其吸引人的一点，就是全民都爱吃，人人吃得好。

如果您是富贵人家，自然吃得起蟠龙菜、烧鹿肉、海鲜锅、大闸蟹，但即便是市井间的老百姓，逢年过节的餐桌上也摆得起烧鸭、水晶蹄髈、红烧鱼和冒油咸鸭蛋这样的家常美食。若再不济，内脏下水总还是买得起吧？勤劳智慧的明朝底层人民，将这些贵人家扔掉的食材也料理出了花样，什么爆炒腰子、醋熘肥肠、炝烧牛杂，哪一盘出锅都能就着吃上三大碗米饭。

您可别看上面的这些美食太过“接地气”，就误以为咱们明朝的姑娘吃得糙、吃得腻，卡路里摄入得多了还长痘，咱们也是爱美的。要是想吃得精细，那也容易，不信我把房中放的酒食果盒拿过来您瞧瞧？这里头八样冰鲜的零食挨个儿排开，不仅有糟鹅珍掌、腊肉丝，更有木樨银鱼、雏鸡脯翅儿，更有那清甜可口的莲子、菱角、荸荠、莲蓬钟儿和新鲜剥好的核桃瓤儿，搭配着一小盅消食生津的桂花酸梅汤，实在算得上是精致少女的顶配下午茶，你难道不想来一份吗？

所以，还有什么吃食要求是我们大明朝满足不了的呢？

快来为你心仪的美食代表队投票吧！（多选）

汉朝代表队

当垆美酒，炉盘烧烤

PICK

唐朝代表队

香酥胡饼，翡翠冻鸡

PICK

宋朝代表队

点茶甜点，火锅夜宵

PICK

明朝代表队

烤鸭果盘，家常美味

PICK

美人的美食，一起吃出优雅人生

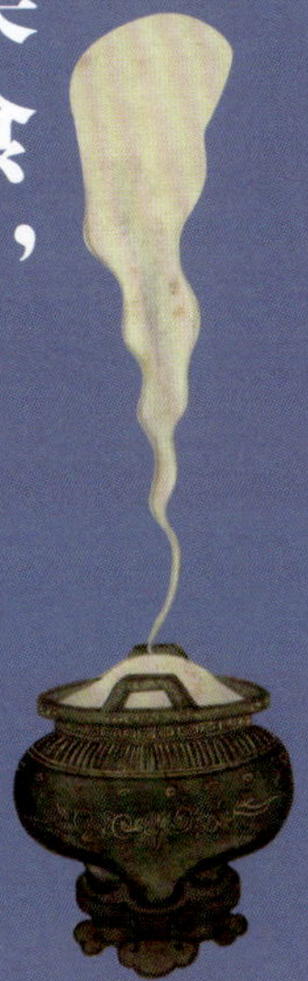

文 / 瑶华

又到了我们一期一会的美食推荐时间！都说“干饭人干饭魂干饭人都是人上人”，这一次我们不“干饭”，而来品尝精致小食。吃，也要吃出品位。现在，就让我们跟随美人，一起优雅地吃。

今天小编为各位看官推荐的第一件，便是由明代名姬董小宛独家代言的限量版手作好物！

董小宛是明末名妓“秦淮八艳”其中的一位，以灵秀聪慧、擅长琴棋书画著称，十九岁时被“明末四公子”之一、江南文士冒辟疆纳为妾室。她的美丽曾经被世人称誉一时。初夏时节，她身穿薄如蝉纱、内衬退红的轻衫和冒辟疆同游金山，当天登山的数千游人争着跟在后面围观，以为是神仙降临。

在冒辟疆的回忆里，他第一次见到董小宛时，她正值醉后，面颊带着绯红的酒意，对他的殷勤搭讪不作回应，显得有些高冷。“神韵天然，懒慢不交一语”，似乎并没有展露出一见钟情的意思，而冒辟疆最初属意的女子，也是秦淮八艳里的另一位——陈圆圆。但两人这一见面，往后余生便纠缠在了一起。

生逢乱世，命运往往难以把控，在战火兵乱中，董小宛坚持随冒辟疆一路颠沛流离，冒辟疆却不敢轻易允诺，直到钱谦益出手帮助董小宛解决了负债问题，她才最终实现了离开风月之地，嫁入冒家的愿望。从此，她洗尽铅华，全心全意地为冒辟疆料理家务。

董小宛无论是品香烹茶，还是做女红都极有才华，但最拿手的是烹饪，让冒辟疆在多年后仍然念念不忘。

冒辟疆是个典型的“吃货”，虽然每顿吃得不多，但都很讲究，是个爱好香甜口味的“甜党”，还嗜好海鲜、熏腊之类的特殊风味，又特别喜欢招待朋友来府上聚餐。董小宛为了让他吃得满意，也是费了不少心力。所以，才有了这些“董家私房菜”专属美食。

花露：奇香异艳的美味

董小宛擅长采摘各种香花、香果，将其制成有特殊香味的花露，花露颜色五彩缤纷，和新采的花朵一样鲜艳。

其中味道最美的是秋海棠露。海棠花虽然美丽，但没有香味，且俗名“断肠草”，很多人以为它不能吃，但董小宛做的秋海棠露却比其他花露都要味美。

她经常做的还有梅花、蔷薇、玫瑰、丹桂、甘菊等花做的花露，以及橙子、橘子、佛手、香橼做的果露。

在冒辟疆喝完酒后，用白瓷杯盛上十几种不同的调味花露让他选择，五色浮动，赏心悦目，喝上一口，酒意全消，感觉神仙饮用的琼浆玉液也不过如此。

花露其实并不是董小宛的独创，明末江南一带已经有了很成熟的制作花露技艺，用蒸馏方法从香花里提取汁液，可以直接当饮料喝，也能加在茶汤里，或者给其他食品调味。花露还可以加在化妆品里，用来调和胭脂，或是洒在衣服上代替熏香，或者用于滋润头发和面部肌肤。“美人晓镜玉妆台，仙掌承来傅粉腮”，就好像今天小姐姐在上粉底之前涂一层精华，可以说它是一种纯天然“可食用药妆”。

这种通过蒸馏方法从植物里提取香料的技术，很可能是五代时从阿拉伯地区传入的。当时人们觉得来自西域的“蔷薇水”特别神奇，把它洒在衣服上，即使衣服穿旧了香气都不会褪去。起初，人们以为这种水是收集来的花瓣上的露水，或者是将蔷薇花泡在水里做出来的，后来才知道是把蔷薇花放在白金的蒸甑里蒸馏而得到的汁液，这汁液就是芳香的“花露”，后来这种办法很快就在国内流传开来。

宋代时，广州人已经能用本地特产的素馨花、茉莉花蒸馏出花露。在董小宛生活的时代，人们相信花露是草木之精华，对身体有益处，通常是药铺集中制作，用大灶同时蒸数十个蒸锅，把玫瑰、桂花、茉莉、菊花等香花分季节采下来，蒸出花露。

当然，董小宛制作的花露比这种批量生产的要精细许多，她不仅要精心选择最好的花朵，耐心清洗，蒸制橙子、橘子时还要细心地把皮上的白色丝络剔干净，免得制出的露汁有苦味。这种纯天然限量版无添加花露，要成功抢购到还真不容易呢！

桃膏、西瓜膏：精工细作的“果酱”

冒家作为名门望族，又生活在物产丰富的江南，夏季当然不缺水果吃，董小宛却在最常见的桃子、西瓜上下足了工夫，把它们做成了更加精细的餐后甜品。

在瓜果成熟的夏季，她精心选择上好的果实，从桃子西瓜的果肉里榨取桃汁、西瓜汁，亲手选取清洁好的器皿，细细地过滤汁水里面的渣滓，一丝果肉都不留，再用文火慢慢地熬，让其越来越浓稠，到七八分熟时加入糖，最后炼成精细的“桃膏”“瓜膏”。

可以想象，这要花费多少工夫，榨出多少果汁，才能炼出一小罐“膏”。而且，制作都是在盛夏，要在火炉边一直专心致志地守上好几个时辰，才能把果汁熬浓，一旦走神，火候稍有不稳，果膏就会焦枯，那之前的辛劳也白费了。

董小宛还会根据对火候的掌握，将果汁熬炼出不同的浓度，制作出的膏的形态也不一样。经过她的精心制作，桃子、西瓜都变了个模样，熬出的桃膏像大红琥珀，瓜膏如同镶嵌着金丝的上等饴糖，不用说吃，仅看一看都会觉得馋涎欲滴。这种算得上是不折不扣的“独家秘制”了，其他人只有羡慕的份儿。

豆豉、腐乳、咸菜、火腿……小菜也不简单

从营养学观点来看，腌菜、腌肉并不健康，但古人由于不能各个季节都吃到新鲜菜和肉，还是会经常食用腌制食品的。当然，富贵之家吃就只是调节口味的点缀。不过，董小宛将这些偶尔拿来开胃的腌菜也做得不同寻常。

豆豉是将黄豆发酵腌制后做成的调味品，普通的豆豉即使味道还可以，但外形往往欠佳，盛出来是黏糊糊的一团。董小宛却能将豆豉的色泽、气味、味道都兼顾到。她会将豆子清洗九次，晒干九次，每一粒豆子都精心剥掉表面的薄膜，在制作豆豉的时候还要加入生姜、桂皮等各种香料调味，甚至有瓜汁、杏汁，发酵过程更是极其注重卫生。等做好后，每一粒豆子都保持着完整的状态，清晰可数，香气和味道格外美妙，市面上卖的豆豉根本无法与之相比。

腐乳也叫乳腐，可以直接食用，也可在烹调其他菜品时作为调味料使用。它是把做好的豆腐发酵腌制，经过二次加工得到的。董小宛制作的“红乳腐”要先把豆腐烘烤、蒸制各五六次，先让豆腐里面都变得酥软，再去掉外皮，最后加上特制的调料腌制，只需要几天就能做成，时间虽短却比酱园制作的腌了三年的腐乳味道还要醇厚浓郁。

董小宛还擅长制作咸菜。咸菜可以到冬天缺少蔬菜时再取出，用来调换口味。

她腌制的咸菜看似与别人的做法没有多大区别，都是用盐水腌制的，却能够保持新鲜蔬菜的色泽，绿的像翡翠，黄的像蜂蜡，连冒辟疆也不知道她是用什么方子做出来的。

董小宛自己不喜欢吃肉，经常用茶泡饭，配点咸菜、豆豉就吃完了一餐，但她考虑到冒辟疆喜欢吃腌肉，对这些肉类食材的处理也是不厌精细。她腌制的火腿毫无油腻之感，倒有松柏的香气；风干咸鱼颜色火红，吃起来居然有鹿肉的香味；炒制的虾松纤细得像龙须；烘兔、酥雉等肉干做得像小点心一样，可以随手拿着吃。

说到这里，小编的口水都要下来了。还是不得感叹一句，冒辟疆真的好口福啊。

李师师爱吃的水果

小编为各位看官推荐的第二件，是几件常见的鲜果。虽然常见，但却是顶流李师师的推荐好物，这几样鲜果吃了不仅有益健康，更能美容养颜。

宋代词人周邦彦曾经写过：“并刀如水，吴盐胜雪，纤手破新橙”。相传，这位亲手切开新鲜水果的美人，就是北宋歌姬李师师。和她有往来的名人，上到当朝皇帝宋徽宗，下到水泊梁山好汉燕青，相关的花边新闻也颇为丰富，真实性暂且不论，但这流量是顶高的。

现在八卦先不谈了，来听听师师小姐的养颜小妙招吧！

李师师：新鲜水果有丰富的维生素，美容养颜，一定要多吃哟。新鲜的水果确实难得，还好我们东京汴梁市场繁华，南北水果还是不少的。不过吃水果也是有讲究的。

就如新鲜上市的橙子，吃的时候要稍微加点盐，才更加美味。适当的咸味可以让橙子的甜更好地发挥出来。吃酸的水果的时候，都可以这样做。这可不是我的原创，唐代诗人李白就写过了：“玉盘杨梅为君设，吴盐如花皎白雪。”杨梅搭配细盐，也是不错的选择。

橙子不仅可以直接吃，在秋天拿来做“蟹酿橙”也是一道美味。把大橙子切开去瓤，将剥好的蟹肉蟹黄放出橙腹，隔水蒸熟，橙子的香味去掉螃蟹的腥味，而且更能激发蟹的鲜美，很适合秋天品尝！

其他季节也有好吃的水果，比如这款御赐的宣州花木瓜，是我每年夏天都要吃的。木瓜本来没有纹路，这款木瓜表皮的花纹是果农的奇思妙想，在木瓜将要成熟的时候用纸剪好纹样贴在上面，日晒一段时间之后去掉纸，瓜皮上就显出了图案。木瓜直接吃又酸涩又硬，要用糖蜜腌渍过，然后泡冷水或者加姜、盐煮热来吃，据说对手足无力很有益处。

春天当然要吃樱桃煎了，把樱桃用加了梅子的水煮软，去核后放在模具里压成薄薄的小饼，调上蜂蜜，原本的酸味就都消失掉了，只有一派香甜芬芳。

冬天就可以吃柿饼了。柿饼是由新鲜的柿子风干而成的，味道甜蜜口感软糯，别有一番滋味。在制作柿饼的时候，柿子表皮会生成一层细密的糖霜，大家还可以把柿饼外面凝结的糖霜收集起来，做成上好的柿霜糖，格外润喉。就是有了它，我的歌声才更加动人。

李清照教你自制豆蔻熟水

想喝“秋天的第一杯奶茶”，但又怕长胖怎么办？资深才女李清照已经给出了另一种选择！小编这次推荐的最后一件好物，就是李清照带来的豆蔻熟水！

话说夏末秋初的一天夜晚，雨过月升，刚刚生过一场病的李清照倚在榻上，闻着窗外新开桂花的香气，嘱咐丫鬟烧一罐开水。往常烧热水是为了点茶，但今天的开水是要用来做“熟水”的。熟水，是一种将植物的花、叶、根、茎、果实等浸泡、熬煎而成的植物饮料。

在她的指点下，七颗还带着梢头叶的白豆蔻清洗干净后，被投入开水之中。放七颗是有讲究的，如果太少，香味就淡得尝不出来，如果太多，又会显得有些浊重，没有清爽的感觉。

豆蔻被开水一烫，香味马上散发开来，但这时不能立刻取出畅饮，还需要将罐口密封一会儿，等到豆蔻的香气被充分激发出来，水也稍稍凉了一些，再倒进茶盏里喝一口。香气沁人心脾，似乎连病都好转了！

李清照喝过熟水，便提笔写了一阕词，把豆蔻熟水的滋味永远地留在文字里。

摊破浣溪沙

病起萧萧两鬓华。卧看残月上窗纱。豆蔻连梢煎熟水，莫分茶。

枕上诗书闲处好，门前风景雨来佳。终日向人多蕴藉，木樨花。

豆蔻作为一种健脾祛滞的药物，用它做的熟水对身体也很有益处，特别适合夏季饮用。

宋代人对熟水格外热爱，似乎只要是能吃或者能入药的植物，都能够拿来做熟水。当时的小姐姐们走在街市上，如果口渴了，可以随时向卖茶人买一碗新做的熟水，鲜花、竹叶、紫苏叶、丁香、麦冬、生姜……都是做熟水的材料，最神奇的是还有用稻秆做的“梁秆熟水”！

它的原材料自然是稻子秆，但只能取中间部位，先洗净晒干，后扎成一小把一小把的，放在火上微微烤焦，用开水烫过两次，才能放在滚开的水里做熟水。这种梁秆熟水的滋味，比起今天花样繁多的奶茶可能不够浓郁，但却有着地道的田园清新之气。

品种繁多的熟水，总有一款打动你的味蕾！

图书在版编目（CIP）数据

美人风华志／南方赤火等著.
—武汉：长江出版社，2021.4
ISBN 978-7-5492-7621-9
Ⅰ.①美… Ⅱ.①南… Ⅲ.①短篇小说-小说集-中国
-当代 Ⅳ.①I247.7
中国版本图书馆CIP数据核字（2021）第057481号

美人风华志 / 南方赤火 等著

出　版　长江出版社
（武汉市解放大道1863号　邮政编码：430010）
选题策划　漫娱　马　飞
市场发行　长江出版社发行部
网　址　http://www.cjpress.com.cn
责任编辑　李　恒
特约编辑　罗露露
总 编 辑　熊　嵩
执行总编　罗晓琴
装帧设计　刘江南　邓　婕　徐昱冉
印　刷　武汉鸿印社科技有限公司
版　次　2021年4月第1版
印　次　2024年4月第6次印刷
开　本　710mm×1000mm　1／16
印　张　14.25
字　数　240千字
书　号　ISBN 978-7-5492-7621-9
定　价　49.80元

电话：027-82926557(总编室)　027-82926806（市场营销部）